唯一的相戀機率

The Possibility
of Falling in Love

我想和你一起，
把偶然的相遇變成必然的幸福。

紫稀 著

楔子

就是今天了！

看見手機跳出新郵件通知時，我緊張地吞了吞口水。

信件主旨寫著「聖誕舞會舞件分析結果」，發信人是S大學生會，這封就是我在等的郵件沒有錯。

怎麼辦，要現在看嗎？還是找沂青陪我一起？但是今天早上我們都沒課，若是把她吵醒只爲了叫她陪我看這封信，她應該會想殺了我。

畢竟沂青對舞會傳說一直嗤之以鼻，昨天晚上我跟她說我緊張得睡不著，她回了一句「妳就爲了這種事打擾我睡覺」，就把電話掛了。

舞會傳說是S大校內如玄學般的存在，特指每個人一年級時的那場聖誕舞會。

每年十月底，所有大學部和研究所一年級的學生，都會收到學生會發來的舞伴分析結果，信中會註明你的指定舞伴是誰，以及對方的聯繫方式。

之所以會說是「分析」結果，而非「分配」結果，是因爲那是學生會透過數據系統演算出來的。根據每個人的資料和新生訓練時做過的人格測驗，系統從全校新生中挑選出一位最適合你的戀愛人選。

學生會宣稱，指定舞伴等同於命定之人，匹配成舞伴的兩個人，有極高的可能成爲一對甜蜜幸福的情侶。後來也不知道從哪流傳出一個說法——倘若沒跟指定舞伴一起參加舞會，未來四年就會一直單身，白話文就是「魯」到畢業。

我的直屬學姊小曦，初次見面就劈頭跟我提起這個舞會傳說，以及伴隨傳說而來的詛咒。

「學妹，千萬不能不信邪。去年我們班沒去參加舞會的人，現在都還單身，我的直屬學長當年也沒去，到了大三還單著呢。」小曦學姊說這個詛咒成眞機率極高，因此少有人敢以身試險，就算是連哄帶騙，也會想辦法讓抽到的舞伴陪自己去參加舞會。

「連、連哄帶騙？」我聽得一愣一愣的，感覺心靈受到了衝擊。

「對，就當是合作互助，本來就不是每個人都會跟舞伴談戀愛，只是共同避免詛咒成眞而已。」

還有這樣矇混過關的？簡直就是詐欺嘛。

小曦學姊的男朋友阿駱學長就是她去年匹配到的舞伴，舞會結束沒多久兩人就在一起了，感情好得不得了，不時秀恩愛，令我有幾分羨慕。

「寧可信其有，不可信其無，知道嗎？」她非常認眞地叮囑我，「如果匹配到不錯的人選，就好好把握命運給予的機會，如果匹配到不來電的對象也沒關係，拜託對方陪妳參加舞會、避開詛咒就好。」

當時小曦學姊這番話深深烙印在我的心裡……

好了，不要再想東想西，直接打開信件揭曉答案吧！

深呼吸，吐氣。

如果我配到一個很醜的舞伴怎麼辦？我不是外貌協會，但至少對方的長相得符合我的審美吧？

再深呼吸，吐氣。

如果我配到的舞伴是女生怎麼辦？雖然我支持多元成家，不過我很確定自己是異性戀啊。

又一次深呼吸，吐氣。

余依微妳不要這麼孬啊！點開郵件看一眼，兩秒就解決了！

對，就一鼓作氣，沒什麼好怕的！

我緊閉雙眼，用食指點擊了那封郵件，接著艱難地睜開一隻眼睛偷瞄手機螢幕。

欸？

我瞬間瞪大了雙眼，緊緊盯著郵件，想確認自己有沒有看錯。

欸欸欸欸欸？

爲、爲什麼我會有兩個舞伴啊？

第一章

冷靜，我要冷靜，搞不好是我沒睡飽產生幻覺了，才會把一個舞件看成兩個。

我再次閉上眼，深呼吸之後又看了一眼螢幕，可是無論怎麼看，郵件中都是兩個人名和聯繫方式。

江閔晨，機械系一年級。

許嘉珵，會計研究所一年級。

所以我到底該聯繫哪個人？這種情況應該不正常吧？

越想越心慌，我連忙跑到對街的沂青家門口猛按電鈴。

「我還想說是誰七早八早就來吵人……」沂青一臉不悅，儘管按捺住性子沒衝著我發脾氣，卻也沒有要讓我進門的意思。

「沂青，妳一定要救我。」我略帶哭腔開口。

「我幾乎每隔兩天就會聽到妳說這句話。」她重重地嘆了一口氣，「我這樣說，妳懂我的意思嗎？」

我搖搖頭。

「意思是，那絕對不是什麼大事，更不會嚴重到需要早上八點處理！」語畢，她就準備關門送客。

我趕緊將整個身子卡進門縫，「這次不一樣，是這個學期以來最嚴重的一次！」

「這個學期才剛開始不到兩個月。」她冷冷地發話。

曉之以理沒用，我決定動之以情。

「沂青，如果沒有妳，這件事我眞的不知道該怎麼辦才好。」我可憐兮兮地看著她，同時偷偷往屋內挪動。

「如果又是那種芝麻綠豆大的小事，我眞的很怕我會失手犯下傷害罪。」她再度嘆氣，抵住門的手最後還是放開了。

我有點心虛，也有點擔心我的人身安全，不過機不可失，我還是一溜煙進到屋內，並替她關上了門。

「妳就爲了這種事一大早把我吵醒？」聽完我來找她的原因，沂青看起來想把我從五樓往下扔。

在開始陳述緣由之前，我自覺地跪坐在和室桌前，低下頭呈現恭敬的懺悔姿勢，畢竟面對生氣的沂青，先裝乖準沒錯！

然而聽到她這樣說，我還是忍不住回嘴：「什麼叫做『這種事』啦，這很嚴重欸！」

「妳對『嚴重』這個詞的定義是不是有什麼認知上的偏差？」

「妳又不是不知道，我這禮拜只要一想到要公布舞伴就吃不飽也睡不好，面對這種異常的結果我能不慌嗎？」我焦急地辯解，「萬一這是不好的預兆呢？還是數據系統想考驗我能不能選中正確的舞伴，選錯了就萬劫不復、魯到畢業？」

「妳先冷靜點，雖然我已經很習慣妳常常大驚小怪，可我還是不懂妳爲什麼這麼相信這個傳說。一場舞會就能決定四年的愛情，怎麼想都很荒謬吧。」沂青滿臉不解。

雖然我很不想自爆黑歷史，可要讓她理解我絕對不是大驚小怪，似乎只能告訴她我的悲慘過往了。

我清了清嗓子，正色開口：「有些事，我怕妳會笑我，所以沒跟妳說過……」

「我笑妳的事還不夠多嗎？」

我試著瞪她以表達不滿，但一對上她的眼神又立刻退縮，摸摸鼻子繼續講下去：「以前我也不相信這種校園傳說，想說我又不是小孩子，結果就遭到報應了！」

我念的那所高中也有個校園傳說：千萬不要在學校後門旁邊的涼亭表白，因爲十之八九下場都會很淒慘。

當年還是天真小高一的我，某次掃除時正好在那裡巧遇心儀的學長，一時衝動便握著掃把紅著臉跟他表白了。

我心想，就算失敗機率高達十之八九，搞不好我就是那個「十之一」的幸運兒，然而我不僅當場被拒絕，學長還大肆對外宣揚這件事，讓我淪爲眾人口中的笑柄。

「這件事不該由傳說背黑鍋吧？分明是那個學長太爛，以及妳的眼光太差。」沂青不以爲然地說。

「不不不，不只這樣。」如果只有這件事，我哪至於這麼迷信啊！

「剛開學的時候，不是有人說選課前夕千萬不能走校史室附近的小門嗎？我就走了！然後這學期的通識和系選我統統都選到雷課！」

「妳忘了當時跟妳一起走的人是我嗎？我就選到不錯的課啊。」她迅速舉出反例反駁我。

「那、那是妳運氣好！我就比較衰啊。」我不服氣地接著補充，「學測前，我弄丟了朋友送我的課業御守，考試當天就肚子痛，中場休息時間都在廁所度過。」

「等等，妳這個例子不算校園傳說吧？而且這些充其量只能算是巧合，不能拿來佐證校園傳說就一定會成眞啊。」

「一次兩次可以說是巧合，到了第三次，我眞的怕了，爲了避免走上不幸的道路，我寧可全都信其有！」

或許有人能像沂青那樣，總能幸運逃過傳說的「詛咒」，但像我這種運氣特別不好的人，乖乖遵循傳說行事，總不會有壞處吧。

「好好好，就算如妳所說，詛咒成眞了，單身四年怎麼就叫萬劫不復了？自由自在、無拘無束多好啊。」沂青顯然不覺得單身是什麼問題。

「可是我不想單身四年啊，戀愛是大學的必修學分，我也想談一場甜甜的戀愛啊！」我委屈巴巴地說完，腦中忽然靈光一閃，「啊！還是今年系統改版了？每個人都要二選一，這是學生會給的考驗！」

「那妳開我的信箱確認一下不就好了？」她打了個哈欠，懶洋洋地把手機丟給我。

「妳不自己看嗎?這麼重要的信件。」

「不看,我沒打算去舞會,更沒打算認識舞伴。」

點開沂青信箱裡的聖誕舞會舞伴分析結果通知信件後,我目瞪口呆,一時無法言語。

見狀,原本意興闌珊的沂青忍不住挑了挑眉,「怎樣?也是兩個人?」

我搖了搖頭,「妳抽到李晟凱耶。」

李晟凱是我們的同班同學,平時關係也滿好的。

「太巧了吧!居然抽到認識的人,這樣妳就可以去舞會——」

「不去。」她乾脆地打斷我,「我不相信這個傳說,對舞會也沒興趣。」

算了,沂青的個性不能硬來,來日方長,之後再慢慢盧她就好。

於是我把談話重點切回自己身上,「所以我該怎麼辦啦?只有我抽到兩個舞伴到底是什麼意思?其中一個還是系上研究所的學長欸。」

她湊過來看了我的手機螢幕一眼,「許嘉珵?他不是我們初會課的助教嗎?」

「啊?」

「不要告訴我,妳連助教的名字都不記得喔。」

我回想了一下,那位助教戴著細框眼鏡,模樣斯文,話很少,也不怎麼笑,不是很平易近人,所以我從來不敢私下找他問作業。

「可是他看起來有點凶,感覺就不會答應跟我去舞會。」我彷彿洩了氣的皮球,沮喪地趴在桌上。

「嗯，確實。」沂青很沒良心地附和。

「喂！妳應該幫我想想辦法啊。」

「好啦，往好處想妳還有方案B啊，妳可以找這個江閔晨。」

「哪有人這樣的？如果這是學生會給我的考驗，那我得選出正確的舞伴，慎重以待。」我說得很認真。

「小微，妳眞的傻得很可愛欸。」沂青聞言居然噗哧一笑，摸摸我的頭，「學生會若是知道有人這麼相信這件事，一定會很感動。」

「小曦學姊也相信啊。」我噘著嘴，不滿地瞪著她。

她笑了笑，不跟我爭論，「妳如果想弄清楚，就直接去問學生會啊，通知信不是他們發的嗎？何必自己在這裡亂猜？」

聽起來好像很有道理，我興奮地拉著她的衣袖，「走吧，妳快點換衣服，學生會辦公室九點就有人值班了。」

「我可沒說要跟妳一起去喔。」沂青撥開我的手，儘管唇邊帶笑，語氣卻隱含一絲殺氣，「我得補眠，畢竟一大早就被人吵醒了。」

我立刻心虛，「好，妳先睡一下，我問到結果再跟妳說。」

她馬上變臉，「不用跟我說，我不想知道！在睡飽之前都不想！」

站在學生會辦公室門口，我突然覺得有點緊張，甚至想掉頭就走，但迫於對舞會傳說的畏懼，我深吸了一口氣，伸手推開了門。

環顧四周，辦公室只有一個男生坐在背對門口的位子用電腦，似乎沒注意到我進來了。

「那個……」我試著開口：「不好意思！」

男生回過頭，他戴著黑眶眼鏡，頭髮亂糟糟的，給人一種理工宅的感覺。

「啊，抱歉。」他起身朝我走來，「有什麼事嗎，同學？」

除了一頭亂髮之外，他整個人看起來乾乾淨淨的，並非我印象中那種不修邊幅的宅男。

「呃，可以先問一下你是誰嗎？」

他愣了愣，接著哈哈大笑。

我雙頰一熱，感覺自己問了個蠢問題。

他笑了好久才終於停下，「我是學生會長，姜祈。」

我竟然當著學生會長的面問他是誰！

「那個我……呃……」我一緊張就不知道該說些什麼，應該先道歉，或者乾脆跳過這個話題，開門見山道出自己的來意呢？

姜祈主動打圓場：「同學妳不用緊張，我沒有生氣，反而覺得很有趣。原本早上值班還有點睏，托妳的福，現在我整個人都清醒了。」

我一時之間分不出來他是在安慰我，還是在損我。

「所以妳有什麼事情嗎？」他斂起笑，又問了一次。

我的腦袋一片空白，吶吶地開口：「我是會計系一年級的余依微，我想問聖誕舞會的事。」

他露出恍然大悟的表情，「舞伴通知信今天早上已經統一發出去了，妳沒有收到嗎？」

「我有。」我趕緊說，「只是我的通知信好像有點奇怪。」

「怎麼個奇怪法？」

「不知道爲什麼我被分到了兩個舞伴。」我點開郵件，直接將手機遞給他。

他接過去看了幾眼，沉吟道：「確實有點奇怪，一般不會出現這種情況。」

我聽了之後更心慌了，如果這不是學生會的刻意安排，難道出問題的是我？而且只有我？

姜祈將手機還給我，視線與我對上，大概是看出我眼中的慌張，他嘴角抽動了一下，似乎在憋笑，但很快就正色道：「余同學是吧？妳先不要太擔心，我幫妳進系統確認。」

他讓我寫下學號和姓名，接著他便往他剛剛坐著的位子走去，我下意識跟在他身後。

他邊操作電腦邊問我：「妳怎麼這麼快就發現了啊？而且還馬上過來詢問。」

「我一直在等信寄來，一收到就立刻點開，然後就被嚇到了。」

「妳這麼相信舞會傳說啊？」他嘴角又是一抽。

「你不相信嗎？」聖誕舞會舞伴分析結果通知信是學生會寄出的，作爲學生會長的他應該要相信吧！

「嗯……說不上相不相信，我認爲只要妳相信，它就是眞的。」

我有點聽不懂他在說什麼。

不等我回話，姜祈又說：「不過我確實很久沒見到這麼相信……積極的小大一了。」

「是嗎？我以爲不相信傳說的人才是少數。」除了沂青，我身邊的人好像都滿相信的啊。

「一般人都是半信半疑吧。」

我看著姜祈點開一個頁面，上頭密密麻麻全是程式碼，他在某幾個欄位輸入我剛剛寫給他的資訊，按下Enter鍵，螢幕上瞬間出現了更多數據。

「舞伴配對系統是你寫的？」我好奇地問。

「不是啊，是別的幹部，我不是讀理工的，我念是的法律系。」

我忽然有點不好意思，自己先前太以貌取人了。

「不過該怎麼在系統上重跑數據，這種基本操作我還是知道啦。」操作一陣後，姜祈的目光從電腦螢幕轉向我，「發給妳的通知信確實有問題，我重新讓系統跑了三次，都得到同樣的結果。」

「意思是，我本來應該只會有一個舞伴？」我戰戰兢兢問。

「對啊，之前可能是出現bug吧，哈哈哈。」

他居然還笑得出來！我忍不住對他發脾氣：「你們就不能確認一下再寄信嗎？你不知道我收到信的時候有多緊張，還以為這是學生會給的考驗，要我盲猜哪個舞伴才是對的——」

我話還沒說完，就被他的笑聲打斷。

「什麼學生會的考驗？妳以為在演《哈利波特》嗎？我還火盃的考驗咧，哈哈哈哈！」

氣死我了！氣死我了！氣死我了！

他好不容易停下笑，見我表情不對，連忙正色道：「好啦，妳不是想知道誰才是妳眞正的舞伴嗎？是跟妳同系的許嘉理。」

這招成功轉移了我的注意力，「另一個人呢？」

「他的舞伴應該是別人，我會再寄新的通知信給妳和他，放心吧。」

「原來不只我收到錯誤的通知信？」我歪著頭盯著他的電腦螢幕，有些困惑。

「妳眞正的舞伴收到的信裡只有妳的資訊，不過的確有另一個人跟妳一樣，通知信裡有兩個舞伴。」

那個人也發現自己有兩個舞伴了嗎？他會跟我一樣緊張或是疑惑嗎？

姜祈像是猜到我的想法，對著我笑了笑，「或許他根本還沒看信吧。」

剛走進教室，我就看到坐在倒數第二排的李晟凱向我揮手，沂青坐在他旁邊。

我坐在沂青另一側的空位，課本都還沒來得及拿出來，李晟凱就越過她向我搭話：「結果怎麼樣？舞伴的事我已經聽說啦。」

「幹麼這麼好奇我的舞伴？你自己的舞伴搞定沒？」我故意反問他。

他馬上轉頭問沂青：「欸，莊沂青，要一起去舞會嗎？」

「我不要。」沂青頭都沒抬，直接拒絕了。

李晟凱聳了聳肩，完全不以爲意，我只好將我在學生會辦公室的經歷全盤托出。

「什麼！」他才聽到一半就突然迸出驚呼，引來教室裡幾乎所有人的側目。

「你小聲點啦！」我沒好氣地罵他。

沂青也瞪了他一眼，他趕緊用手摀住自己的嘴巴，小聲地解釋，「妳剛剛說的那個江閔晨，是機械系大一的江閔晨？」

「呃，應該是吧？」

「在校慶運動會過後，他就成了校園紅人，是機械系公認的男神，抽到他等於抽中上上籤啊！」李晟凱努力放低音量，但還是能聽出他語氣中的興奮。

我跟沂青對視了一眼，她和我一樣毫無頭緒，「啥？爲什麼？」

「江閔晨在大隊接力賽上大出風頭，運動會結束後，很多人都想跟他們班聯誼，聽說想報名還得排隊，甚至連參加的女生都得先給他們看過照片。」

「還要先審核照片？眞噁心。」沂青聽了直皺眉。

「妳就當那是在提高報名門檻唄。」李晟凱繼續剛才的話題，「重點是，小微一抽就抽中了校園男神。」

我被他說得開始覺得自己好像有點幸運時，突然想起江閔晨已經不是我的舞伴了。

「可是你們忘了嗎？他眞正的舞伴不是我，學生會長說系統出了bug。」

「那妳還相信這種系統？」沂青不以爲然地說，「妳若是想認識江閔晨妳就去啊，何必管他是不是妳的舞伴？」

「可是我得帶我眞正的舞伴去參加舞會啊！萬一詛咒成眞怎麼辦？」

李晟凱搶在沂青吐槽我之前插話：「這節不就是初會課嗎？助教通常都會過來，妳等等就去跟他相認！」

「這節是初會課？」我還沒做好心理準備啊！「我光用想的就覺得胃痛了……」

沂青轉過頭看我，「妳又沒吃午餐了？」

「對啊，下午要上課，我晚上才能拍片。」我用只有她能聽見的音量對她說。

其實我是一名吃播主，在YouTube上有五十多萬粉絲。

所謂的吃播，就是直播自己的吃飯過程，或是將過程預先拍成影片，經剪輯後上傳至影音平台。

一開始，我只是單純喜歡吃東西，考完大學後又比較閒，出於好玩便拍起了吃播影片。不知不覺，訂閱我YouTube頻道的人數越來越多，最後甚至成了我的副業。

我不好意思在網路上露臉，也不想讓熟人發現我在做吃播，所以我在錄製影片時，僅會露出下半張臉。因此至今沒幾個人知道「Only Eat」頻道的吃播主就是我。

「那早餐呢？」沂青皺著眉頭問我。

「喝了一瓶燕麥。」我有點心虛，怕她會罵我。

雖然我很喜歡吃東西，但愛看吃播影片的觀眾都喜歡吃播主一次吃很大分量，或是很多種類的食物。我又不是那種得天獨厚的吃不胖體質，想要維持穩定的影片上傳頻率又不長胖，只能靠少吃幾餐，加上大量運動來消耗熱量。

除非早上有課，不然一般拍片當天，我只會吃一餐，不錄影的時候也只會吃兩餐，否則我的身材絕對會逐漸變形。

幸好教授開始上課了，不然沂青應該又要念我，她總說我這樣會把腸胃搞壞。

可是我沒辦法呀！吃播界的競爭越來越激烈，我最大的特色就是瘦瘦的又很會吃，只好繼續努力保持這樣的形象，以免被後浪拍死在沙灘上。

身後突然有些動靜，好像有人走到最後一排坐下。我下意識回頭，發現坐下來的那個人竟然是許嘉瑆，嚇得我趕緊將頭轉回來。

我偷偷拿出手機發送訊息到群組：「怎麼辦？助教就坐在我後面……」

「就算想跟他相認也得等下課，妳先專心上課。」沂青很快回覆。

沂青說得沒錯，然而一想到我的舞伴就坐在我正後方，我怎麼可能專心上課啊！

整整三堂初會課我幾乎都魂不守舍，好不容易捱到教授宣布下課，李晟凱不斷朝我使眼色，讓我趕快去找許嘉理。

此時許嘉理已經拎起背包站起身，往教室後門走。

「快去啊！妳再不去，他就要走了。」

在李晟凱的連聲催促下，我趕緊追了過去。

「助、助教。」

許嘉理走得有夠快，而且不知道是不是我聲音太小，只隔著兩公尺的距離他居然沒聽到我叫他。

眼看他很快就要轉彎走進下一條走廊，情急之下我加大了音量，「等一下啦！助教！」

許嘉理頓時定格在原地，整條走廊上的人也都朝我看過來。

我硬著頭皮，小跑步到許嘉理面前。

這是我第一次私下跟許嘉理交談，談話內容也跟會計課程八竿子打不著。

「有什麼事？要問題目的話，妳可以寫信問我，或是等輔導時間。」許嘉理還是我印象中那副冷冷的樣子。

我鼓起勇氣開口：「助教，我叫做余依微，你有看聖誕舞會的舞伴通知信了嗎？我……我的舞伴是你。」

他沉默了幾秒，臉上的表情沒什麼變化，我無從揣摩他的想法。

「我沒看信，也不打算參加舞會。」

這下換我定格了，完全不知道該怎麼接話。

「還有事嗎？」

望著許嘉理冷淡的神情，我脫口而出：「哪敢有……呃，我是說，沒有了。」

最後，我只能僵在原地，目送他的背影逐漸遠去。

「我完了。」一回到教室，我直接趴倒在桌上，「我毀了。」

「你別理她，這句話我聽她說過很多遍了。」沂青並未放在心上，甚至對李晟凱這麼說。

我拍桌而起，「這次不一樣啦！」

「還有這句也是。」她又補了一句。

我狠狠地瞪了她一眼，她卻不以爲意。

反倒是李晟凱當起了和事佬，邊說話邊幫我捶背，「助教說什麼惹我們家小微生氣了？」

「我沒看信，也不打算參加舞會。」我模仿許嘉理的表情和語調，把他說的話完整複述一遍，「助教頂著他那張面癱臉，毫不留情地拒絕我！」

「看來他跟我的想法不謀而合，我勸妳還是放棄邀請他去舞會吧。」沂青拍拍我的肩膀。

我再度沮喪地趴回桌上，「怎麼辦？我真的要再次親身證明詛咒有多靈驗了嗎？」

「沒事啦，妳看我，莊沂青不也拒絕跟我去舞會了嗎？要不我們兩個一起去算了。」

「你又不是我的指定舞伴，這跟不參加有什麼兩樣？」

沂青在旁邊涼涼道：「乾脆都別去參加舞會了，在家追劇吃宵夜不開心嗎？」

不開心，一點也不開心。

昨天晚上我還作惡夢了，夢裡的許嘉理不斷拒絕我提出的舞會邀請，學生會長姜祈還在一旁反覆對我叨念：「妳會魯四年喔！魯四年……喔喔喔！」

被嚇醒之後，我好幾次都想哭著打電話給許嘉理，說我願意爲他做牛做馬，只要他陪我去舞會。

「小微，妳今天看起來好慘喔。」

明明已經上了兩層底妝，怎麼連李晟凱這個直男都能看出我很憔悴？

我無精打彩地說：「太可怕了，我昨天一直作惡夢，夢裡的許嘉理依舊拒絕跟我去舞會，說好的夢跟現實是相反的呢？」

「好啦，我不該明知道妳這麼在意舞會的事，還一直說風涼話。」沂青有些愧疚，並表示要去販賣機買瓶飲料給我當賠禮。

「我想喝柳橙汁。」沂青果然還是疼我的，她只是刀子嘴豆腐心而已。

她一走出教室，李晟凱便幫我出謀畫策，「不然妳乾脆幫自己化個憔悴妝什麼的，再哭得梨花帶雨去找助教，搞不好他會心軟？」

「你覺得我適合走那種楚楚可憐的美少女路線嗎？」我對於這個提案有點心動。

「好像不適合。」

我氣得想打人，剛舉起拳頭準備嚇唬李晟凱時，沂青回來了。

「小微，外面有人找妳。」

「找我？誰啊？」

「不認識，一個滿帥的男生。」

連沂青都說帥那應該是真的很帥，畢竟她看男生的標準很高。

我狐疑地走出教室，只見一個男生倚在牆邊滑手機，他忽然抬頭，視線不偏不倚地對上我。

好、好帥啊！他的打扮讓我想起日系雜誌裡的男模，長相也乾淨清爽。正當我還在驚嘆這是哪來的大帥哥，他的嘴角扯開了一抹親和的微笑。

「妳是余依微嗎？」他的聲音很有磁性。

「是、是啊。」我緊張地捏著衣角，「你是？」

「我是機械系的江閔晨。」

聞言，我驚愕地瞪大了眼睛。

雖然從李晟凱那邊聽說過江閔晨的豐功偉業，但我沒想到他本人這麼帥啊！而且長相完全符合我的審美。

爲什麼這樣的人偏偏是我無緣的舞伴啊？爲什麼！

「抱歉啊，突然跑來找妳。」

他有些不好意思地開口，讓我很想對他吶喊：不用不好意思啊！儘管來找我！每天都來也沒關係！

「妳看過聖誕舞會的舞伴通知信了嗎？其實我收到了兩封信，第一封信通知我有兩個舞伴，其中一個是妳，第二封信卻說前一封信有誤，然後妳的名字就不在上面了。」他撓了撓頭，「我想說來問問妳知不知道這是什麼情況？」

相較於對舞會傳說嗤之以鼻的沂青，以及冷漠說自己不打算參加舞會的許嘉理，眼前爲了舞伴通知信特地來找我的江閔晨，簡直像是閃閃發光的天使。

我將整件事的來龍去脈統統告訴了他。

「原來如此。」他一副若有所思的樣子。

「怎麼了嗎？」我好奇地問。

「沒想到妳還跑去問學生會，看來妳是個行動派喔！」他笑彎了眼睛。

「沒有啦，我只是想搞清楚是怎麼一回事。」我不敢跟他說，其實我超級在意舞會這件事，怕他會笑我。

我們隨意聊了幾句，上課鐘很快就響了，我心裡有些依依不捨。想到這麼帥又這麼好相處的男生差點就是我的舞伴，感覺自己錯過了全世界。

「抱歉占用妳下課休息的時間。」江閔晨揮了揮手，示意我快去上課。

「不會啦，很開心能認識你。」

正當我準備走回教室時，江閔晨突然叫住我：「余依微！」

「嗯？」我感覺自己回頭的樣子一定特別憨，因爲他看起來似乎在強忍笑意。

「其實我會來找妳，除了想問清楚這件事，也是想看看我無緣的舞伴長什麼樣子。」

江閔晨竟然會對我感到好奇？明明他只需要在意他眞正的舞伴就好了啊。

「沒想到居然是這麼可愛的女生，總感覺有點可惜啊。」他揚起好看的笑容向我道別。

我轉過身快步離去，不想讓江閔晨發現我泛紅的雙頰。

♥

那天之後，我又見到了江閔晨幾次。

他有幾堂課剛好和我同一時段在同一棟教學大樓上課，既然是無緣的舞伴，爲什麼又讓我有緣常常遇見他？

發現這個巧合後，他常常會在下課時跑來找我聊天。他很會察言觀色，也會主動開話題，更會在對話快要變得尷尬前救場，和他聊天很舒服，也很輕鬆。

對於這樣的他，其實我是有些不知所措的。想靠近他的女生這麼多，多的是長得比我漂亮的人，就算我覺得自己滿可愛的，也不認爲自己可愛到能讓男神特別想認識我。

所以想來想去，我只能把原因歸給我差點成爲他的舞伴這件事。會不會江閔晨就是那種特別反骨的人？越是跟他說舞伴系統出bug了，他就越想debug？

儘管面對一個主動靠近自己的帥哥，眞的很難不心動，不過我還是謹記舞會的傳說，頻頻叮囑自己千萬不能動心。如果我就這樣沉淪於江閔晨的美色，不就更不可能跟許嘉瑆一起去舞會了嗎？雖然他已經拒絕我了，萬一他改變心意呢？

而且江閔晨搞不好就只是想觀察我這個無緣的舞伴爲什麼無緣，畢竟他還是有眞正的舞伴，我只是走錯棚的那個。

「原來這個世界上最痛苦的，不是未曾擁有，而是曾經擁有卻又失之交臂。」我像頓悟般，說出這番極有哲理的話。

「她是受了什麼刺激嗎？」李晟凱錯愕地詢問沂青。

「她的意思是，她好恨爲什麼江閔晨不是她的舞伴。」沂青準確地翻譯了我的話。

「妳也臣服於江閔晨的魅力之下了嗎？」

爲了否認我也是那種膚淺的花痴，我趕緊爲自己辯解，「我跟你們說，他人眞的很好，善解人意又隨和好相處，完全沒有架子。而且他確實長得很帥，日系男明星的感覺，你們懂嗎？這樣的人一直來找你，誰能不心動？」

「我是男的。」李晟凱冷冷地說著。

「男的也可以喜歡男的啊。」

「可是我喜歡女的。」

誰叫他整天跟我和沂青黏在一起，我直接把他歸類爲好姊妹了。

「如果妳眞的覺得他不錯，那就相處看看啊。」沂青在李晟凱抗議之前，直接跳回了前一個話題。

「可是我們又不是對方的舞伴。」

她嘆了一口氣，「妳太本末倒置了吧？怕沒帶舞伴去參加舞會會單身四年，然而當一個感覺不錯的對象出現在妳面前，妳卻因爲對方不是舞伴而拒絕跟他的可能性？」

這段話感覺好像很有道理……

見我陷入沉思，李晟凱又說：「對啊，而且他這麼常來找妳，可能也對妳有點好感吧。」

「你以男生的角度思考，眞的這樣覺得？」

「妳剛剛不是還把我當好姊妹嗎？怎麼現在又變回男生了。」他碎碎念，「搞不好啊，不然他幹麼浪費時間？」

「不一定吧，我總覺得江閔晨對小微有點……太積極了？」沂青冷靜地分析。

「或許小微正好是他喜歡的類型啊，小小一隻的日系鄰家女孩……妳看，日系男明星跟日系萌妹子不是很配嗎？」

「我也說不上來哪裡怪，我只知道天上掉下來的餡餅難免有詐。」

他們兩個就「江閔晨對我到底是一見鍾情，還是另有所圖」展開了一串辯論，但這些話都被我拋到九霄雲外了。

我反覆想著，如果我眞的跟江閔晨去舞會了，甚至進展順利到我們之間有戀愛的可能，是不是代表舞會詛咒被打破了？

抱持滿腹疑問的我，突然收到江閔晨傳來的訊息。

「快要期中考了，週末要不要一起去圖書館念書？」

又驚又喜之餘，我收到了他傳來的第二封訊息。

「啊，抱歉，擅自把妳的手機號碼加進通訊錄，但我們已經是朋友了，應該沒關係吧？」

有關係。我這顆小鹿亂撞的心，很有關係！

我不禁懷疑，他是不是故意撩我，然而一想到他那張人畜無害的笑臉，又覺得我在以小人之心，度君子之腹。

後來，我還是答應他的圖書館之約了。

畢竟對方可是江閔晨啊！誰能拒絕男神的邀請？更何況他還是那個讓我在意到不行、差點成爲我舞伴的人。

「妳那天那麼久才回訊息，我還以爲妳不會答應我的邀請，擔心我是不是嚇到妳了。」江閔晨雖然刻意壓低了音量，他說的話還是清晰地傳進我的耳裡。

他有些落寞的笑容落進我的眼中，頓時讓我愧疚於自己當時的遲疑，「沒、沒有啦，我只是有點猶豫而已。」

「爲什麼？」

「我在想，你爲什麼想認識我？」說完我馬上就後悔了，總感覺這樣說好像哪裡不太對勁。我趕緊慌亂地解釋：「我是說，我又不是你的舞伴，就算只是好奇，看過本人之後，我也沒什麼值得你繼續好奇的地方吧？」

他噗哧一笑，我的臉瞬間漲紅。

「妳不要緊張啦。」江閔晨安撫我，「妳似乎很在意舞伴的事？」

我很怕他會嘲笑我，趕忙掩飾：「還好啦，就只有一點點在意吧。」

「我們不是舞伴，就不能當朋友嗎？」

他看著我的眼神很認眞，我下意識大力搖頭，結果他又笑了。

「如果我說，我就是想親自確認，我們是不是眞如舞伴系統所顯示的『沒那麼合適』，這樣妳願意讓我認識妳嗎？」

霎時間，我幾乎要迷失在他眞摯的眼眸之中。

雖然沂青說她總覺得哪裡怪怪的，大多時候她的判斷也都是正確的，可是此刻我卻好想相信眼前的江閔晨。

反正只是相處看看，應該沒什麼關係吧？沂青也認爲我不應該被舞伴系統的結果束縛。

於是我點了頭，順從自己想認識江閔晨的心聲，無關乎舞伴系統的決定，就只是純粹地認識彼此。

儘管決定放寬心面對江閔晨，我仍深怕自己的校園傳說衰運會再次應驗，所以打算再爲正牌舞伴努力一次，就當是對於舞會傳說的尊重。況且我覺得「邀請許嘉理跟我一起參加舞會」和「認識江閔晨」並不衝突，畢竟江閔晨又沒說要跟我一起去舞會。

打定主意之後，我計畫在輔導時間去找許嘉理，假借問作業之名，嘗試說服他跟我一起參加舞會，因爲嚴格來說，他還沒眞正拒絕我。

上次我只說了我們是舞伴，就被他的冷漠嚇得打退堂鼓，這次就算十之八九會被拒絕，我也想試著努力最後一次看看。

敲了敲課業輔導室的門，聽到門後傳來「請進」的回應，我才走了進去。

裡面只有許嘉理一個人，當他抬頭看我時，神情閃過了一絲異樣，最後他只是公式化地問我：「有什麼問題？」

我拉開他面前的椅子，隔著一張桌子和他對視，「助教，我想問你，你……能和我一起去聖誕舞會嗎？」

這個問句一出口，我感覺周遭的空氣瞬間降低許多。

「不能。」他完全沒有猶豫，冷冷地拒絕我，「既然妳都叫我助教了，以後輔導時間請問和課業相關的事。」

雖然我已經做好了被拒絕的準備，然而我沒預料到他的拒絕方式會這麼冷漠、完全不留情面！儘管他給人的印象確實都冷冰冰的，可是我都鼓足勇氣私下問他了，他有必要把話說到這個分上嗎？

我的情緒在震驚跟惱羞之間來回穿梭，接著轉化成怒氣，我拍桌站起，「我當然知道問你這件事跟課業無關，但現在也沒有其他人在問問題啊！你有必要這樣嗎？不去就不去！要不是我被分到的舞伴是你，我才不要跟你這種冰塊男一起去舞會，哼！」

說完我就氣沖沖地走出課輔室，不過我剛走出去就後悔了。

先不說這樣勢必完全斷了他或許會跟我去舞會的機率，他還是初會課的助教啊！我剛剛居然大罵他是冰塊男，我是不是瘋了？

我絕望地在校園內漫無目的地遊走，走著走著，居然不知不覺走到了學生會辦公室前。憑著碰碰運氣的想法，我站在那扇半掩著的門前探頭探腦。

下一秒，門突然被拉開，走出來的人迎面撞上我。

「噢！」我的頭直接撞上對方的胸膛，我摀著受到攻擊的額頭，視線對上揉著胸口的姜祈。

「余依微？妳怎麼在這？」他面露驚訝。

「咦？你還記得我的名字啊？」

「當然，而且印象非常深刻。」他笑了出來，「又怎麼了嗎？妳的舞伴現在應該只有一個人吧？」

「是沒錯啦，但還是有點小問題就是了。」

「要不要學長陪妳聊聊啊？」

「爲什麼我總覺得你看我的眼神，像在看搞笑影片？」我懷疑地盯著他看。

「是啊，我覺得妳很有趣，無論是反應還是思維都很……神奇？而且妳的頭也太硬了吧？我感覺我的胸骨都被妳撞凹了。」他邊說邊摀著胸膛。

「誰讓你不練胸肌？瘦巴巴的沒脂肪又沒肌肉，活該覺得痛。」說完之後，我突然發現自己好像有點沒大沒小，再怎麼說他也是學長。

「誰惹妳生氣啦？今天火氣這麼大。」姜祈也不生氣，笑笑地把我拉到旁邊的樓梯口，示意我坐在台階上。

其實我剛剛鬼鬼祟祟地往學生會辦公室裡看，就是想看姜祈有沒有可能在裡面。我忽然很想聽他的意見，他是少數知曉前因後果的人，同時他也是負責舞會活動的人，這方面的問題問他再好不過了。

我抿了抿唇，猶豫了一下還是對他說：「問你喔，如果我最後沒跟系統通知我的舞伴去舞會，而是跟另一個人一起去，會怎麼樣嗎？」

他先是一怔，接著反問：「妳覺得應該會怎樣？」

「喂，是我先問你的，你幹麼把問題丟給我啦？」

「我只是好奇，妳爲什麼覺得會怎麼樣？而且這種問題不是應該問妳想邀請去舞會的人嗎？爲什麼來問我？」

「我就很怕舞會的詛咒成眞啊，如果沒跟分配到的舞伴一起去，眞的單身到畢業怎麼辦？」我低著頭不敢看他，怕他眼神裡出現嘲笑，「你不是學生會長嗎？舞會的事都是你們學生會在管的啊，搞不好你能告訴我該怎麼做。」

姜祈一直沒有接話，於是我不安地偷偷抬頭看他。

他勾起溫和的微笑，「學妹，就算我是學生會長，也不能告訴妳那個詛咒到底是不是眞的。有人眞的如傳聞所說單身到畢業，也有人沒去舞會還是找到了合適的戀愛對象，所以我這裡沒有妳想要的正確答案。」

聞言，我沮喪地垂下頭。

姜祈突然摸了摸我的頭，「我個人的建議是，就去試試看吧。妳會這麼問，不就代表妳心裡想跟另一個人去舞會了嗎？妳只是想藉由我的認可獲得這麼做的勇氣，對吧？那我認可了，妳就去試試看能不能打破這個詛咒吧！我很期待呢。」

雖然我看不懂姜祈那高深莫測的神情，但他說的話和像是在鼓勵我的微笑，還是給予了我被肯定的感覺。

我就去試試看吧？

♥

斷了最後一絲許嘉珵或許會勉爲其難跟我去舞會的念想之後，我就放任自己沉浸在江閔晨親切溫暖的笑容中。

平時我們頻繁地傳訊息聊天，時不時也會一起吃飯或是去圖書館念書。我們之間的距離一步一步拉近，近得足以讓我感謝舞伴系統的出錯使他能注意到我，卻也讓我埋怨系統爲什麼會說我們沒那麼適合。

要是我們才是對方的舞伴就好了，我不只一次這麼想。

轉眼間，時間來到了十二月。我開始煩惱，江閔晨究竟會不會跟我去舞會？

我覺得我們之間的氛圍滿好的，就像李晟凱所說，如果江閔晨對我沒有一點點好感，應該不會這麼頻繁地和我互動吧？

我甚至還因爲時常被人看見和江閔晨走在一起，而被對他有興趣的女生們問過我們是什麼關係。

我都告訴她們，我和江閔晨就是朋友，因爲我們確實從未有過任何超出友誼的行爲。言談之間，每每我想著「他剛剛那句話該不會是在撩我吧」的時候，他又會巧妙地將話題引回朋友限定的正軌。

所以我們到底是什麼關係？我也很想知道啊！

「妳又幹麼了？最近不是整天跟江閔晨約會，應該過得很滋潤啊。」

「滋潤你個頭！」我頹喪地趴在桌上，「而且我們才沒有約會，就只是一般朋友的相處而已。」

「最好是有男生願意花這麼多時間跟一個女生相處，就只想當朋友而已，更何況對方可是人氣很高的校園王子，他哪缺朋友？」

聽了這番話之後，我更鬱悶了，「那天他不小心說漏嘴，他的舞伴邀請他一起參加聖誕舞會。」

隨著舞會舉辦的日期一天天逼近，我越來越焦慮江閔晨到底決定跟誰去舞會。我原本想著，他或許會問我要不要一起去，可是等半天他都沒動靜，甚至還等來了正牌舞伴約他的壞消息。我也曾想過要不要主動問他，但總覺得這樣就會打破我們現在微妙的狀態了，萬一他根本沒有那個意思呢？

「結果呢？」

「他說對方邀了好幾次，他都不知道該怎麼拒絕了。」他要是不那麼善解人意就好了，人太好的缺點就是不會拒絕人。

「他是故意的吧？」沂青突然加入話題，「他怎麼可能不知道妳很在意舞會，爲什麼要刻意在妳面前這麼說？」

李晟凱搶在我之前爲江閔晨辯解：「搞不好他在暗示小微約他啊。」

「那他直接問不就好了？幹麼拐彎抹角？我覺得他如果眞的對小微有意思，就會直接約她一起去舞會。」

「他可能不好意思啊。」

「不像。」

聽他們兩個又開始爭辯，我忍不住插嘴：「可是我現在也沒有退路了，許嘉理那邊已經徹底沒戲了，我只剩江閔晨這個最後的希望了。」

「妳可以選擇不去，或是跟李晟凱一起去，反正他很想去。」沂青無情地說道。

「不行！」我直接否決，「江閔晨至少『曾經』是我的舞伴，怎麼想都比李晟凱靈驗一點。」

「靈、靈驗？」李晟凱錯愕地看著我。

沂青則是露出一副「她沒救了，別理她」的表情。

「反正，我現在硬著頭皮也得去問江閔晨，我只是還沒跟梁靜茹借到勇氣而已。」

「妳再慢吞吞下去，小心被正牌舞伴搶先。」

「齁唷！我乾脆去襲擊那個人算了。」我自暴自棄地喊。

「妳怎麼不乾脆把許嘉理打暈，直接帶去舞會現場？這樣也算一起去吧。」沂青突然提議。

李晟凱放聲大笑，「有道理欸，我到現在還是覺得小微很猛，直接當面罵助教。」

「別提了，我非常後悔，眞的。」

在那之後我眞的沒臉見許嘉理，恨不得直接翹掉助教課，避免跟他見面。但沂青跟李晟凱在聽說我的壯舉之後，很惡劣地堅決不幫我拿小考考卷，以至於我根本無法翹課，不然我就得私下找許嘉理拿了。

雖然不小心對到眼時，許嘉理並沒有什麼特別的反應，依然是面無表情，但我自己很心虛，恨不得離他越遠越好。

「如果非要打量一個人，我寧可選江閔晨，感覺許嘉理事後會直接把我活埋。」想到他冷若冰霜的臉，我不禁有感而發。

「在打量他之前，妳可以問問江閔晨，還可以順便表白，搞不好就在舞會前賺到一個男朋友，這樣詛咒就不攻自破了啊。」

儘管李晟凱很明顯就是事不關己地提出一個餿主意，然而我居然有點心動。

我在舞會前五天終於借到勇氣，把江閔晨約了出來。

「小微，怎麼了嗎？」他的微笑一如往常閃亮。

不知道從什麼時候開始，他突然也跟沂青他們一樣叫我小微，可是卻帶來截然不同的感受。他每次這麼叫我，我都能聽到自己撲通撲通的心跳聲。

加油啊，余依微！

「我想問你……能跟我一起去聖誕舞會嗎？」

他稍稍愣了一下，很快又恢復原先爽朗的笑容，「妳沒有找妳的舞伴一起去嗎？這樣舞會傳說怎麼辦？」

原來他認定了我會優先選擇許嘉理，所以才一直沒有約我嗎？

「你之前猜得沒錯，我確實很在意舞會跟舞伴的事，可是認識你之後，我就萌生了想改變舞伴分析結果的想法。」我感覺自己的臉頰漸漸發燙，畢竟這番話四捨五入就等於表白了啊，「所以，不管你現在是不是我的舞伴，我都想跟你一起參加舞會。」

我想過無數種可能，可能他已經先答應了他的正牌舞伴，也可能他就是在等我的邀請，當然，也有可能他跟沂青一樣根本不想去舞會。

在各種假設之中，我偏偏沒想過現在這種情況。

頭頂傳來「噗哧」一聲，我以爲聽錯了，直到看見江閔晨用手捂著卻沒能完全遮住的笑臉，才確認剛剛眞的是他的笑聲。

從他的表情我可以看出來，事情的發展似乎跟我想得不太一樣。

他臉上出現了一抹……嘲笑？是我看錯了嗎？

當我不解地盯著他看時，他突然直視我，眼底盡是掩不住的笑意，跟平常他散發的溫暖氛圍截然不同。

「小微，妳怎麼這麼好騙啊？」江閔晨笑著對我說。

第二章

這是整人節目錄製現場嗎？

我左顧右盼，想找出藏在附近的攝影機，結果什麼也沒發現，於是我只能呆若木雞地看著江閔晨。

沒想到，他笑得更猖狂了。

我看不懂眼前這一幕。他剛剛說我很好騙，所以他騙了我什麼？所有疑問到了嘴邊，最後跟震驚結合成一聲「啥」。

江閔晨浮誇地擦了擦笑出來的眼淚，「妳怎麼這麼蠢？又蠢又花痴！」

「你說什麼？」儘管仍搞不清楚狀況，但我不敢相信他居然會說出這麼傷人的話。

那個總是爽朗又親和的江閔晨去哪了？

「我就在想，什麼樣的人會相信那種一聽就是在騙人的傳說？沒想到我只是稍微對妳好一點，妳又決定不相信了。」他臉上依舊掛著充滿惡趣味的笑容，「這樣不是又蠢又花痴，是什麼？」

「你有人格分裂嗎？還是你其實是江閔晨的雙胞胎兄弟，故意整我？現在有隱藏攝影機在旁邊拍攝嗎？」我連珠炮似的把心裡的疑問全說了。

「妳的想像力真的很豐富欸，難怪會相信毫無根據的傳說，不過妳說對了一件事，我就是故意整妳的。」他邊說邊笑個不停。

我愣愣地回應：「你幹麼故意整我？」

「因爲妳看起來就很笨啊，一眼就能看出妳很相信舞會傳說、很在意舞伴的事，我就想看看，如果接近妳，給妳一點錯覺，妳還會不會堅持所謂的『正確的舞伴』。」他明明還是像以前那樣對我笑，其中的涵義卻截然不同，「正當我以爲妳要堅持信念到最後，結果妳就上鉤了。」

「所以過去這些全都是你的整人手段？」一股怒氣在我心底升起。

「一開始會去找妳確實是因爲有點好奇這是怎麼一回事，但之後發生的一切都是在整妳沒錯。」他的語氣滿不在乎。

結果沂青還眞的說對了，江閔晨對我的積極都是有目的，我當初應該聽她的話。

「這樣很好玩嗎？」

「好玩啊。看妳漸漸開始在意我，又誤以爲我喜歡妳的樣子，挺有趣的。」

「有趣個屁！」我沒能壓抑住怒火，吼出聲，「就算我很相信舞會傳說又怎樣？我沒傷害任何人，你憑什麼這麼對我？我要相信，還是不打算相信了，都輪不到你管！」

江閔晨沒有訝異於我的反擊，面不改色地說：「本來是不歸我管啊，可妳決定把我扯進這場鬧劇，那不就關我的事了嗎？」

「我把你扯進去？是你自己先因爲舞伴的事來找我的！」

「那不也是妳讓人有機可乘嗎？」他不慌不忙地應對，「妳眞的沒什麼好生氣的，本來妳也沒有多喜歡我吧？妳就跟那些總圍著我轉的花痴女一樣，只看見自己想看見的，擅自把想像加到我身上。反正妳們根本不在意我眞實的個性是什麼樣子，只要我符合妳們心中認定的『校園王子』就好了。」

「是你總表現出這種樣子給人認識好嗎？人們當然只會認識你那副假象，如果——」

他的臉色微微一沉，「妳是想說，如果我讓別人看見我眞正的性格，就不會有人喜歡我了是嗎？」

我皺起眉，總覺得這種說法有語病，「我沒……」

江閔晨突然朝我走近，打斷了我沒說完的話。

「你、你幹麼啦？」我嚇得趕緊後退，他卻故意走到距離我一步之遙才肯停下。

他的嘴角上揚，這一次依舊不是平時那種充滿暖意的笑，而是帶著壞心眼的感覺。

「表現出妳們喜歡的樣子，看妳們像群傻子圍著我轉，根本沒見過眞實的我就嚷嚷著喜歡我，很有趣啊！我完全不覺得愧疚。」

這個人眞實的性格這麼惡劣嗎？我想反駁卻恨口才不夠好，只能氣鼓鼓地瞪著他。

可是……爲什麼發現了他的眞面目後，盯著他的臉看久了，我依然會有點不好意思，甚至在心底偷偷讚嘆他的顏値？

余依微，妳瘋了嗎？清醒一點啊！妳害羞個什麼勁啊？

江閔晨忽然瞇起眼緩緩湊近我，我整個人就像斷電了一樣，愣在原處，看著他的臉在我面前慢慢放大……

他在距離我的臉五公分之外停了下來，露出一副「得逞了」的表情。

「看吧？就算知道我在整妳，就算覺得我很過分，妳還是臉紅了，小微。」

「我才沒有臉紅！」我氣惱地推開他，「是天氣太熱了！」

「天氣熱？現在是十二月欸。」

好不甘心啊！明明知道自己被耍了，我卻什麼都做不了，想到五分鐘前我還對他說出近似表白的話，我現在只想把自己埋進地底。

「你既然要騙我，爲什麼不乾脆騙到底算了？幹麼讓我知道你的眞面目？你就不怕我揭穿你嗎？」我弱弱的反擊顯然起不了多大的作用，因爲他看起來一點都不擔心。

「不怕啊。」他甚至還得寸進尺地伸出手壓在我的頭上，「因爲妳看起來就很笨。」

再跟他說下去，我眞的會被氣出心臟病，於是我一把撥開他的手，扭頭就走。

他沒攔我，我走沒幾步越想越氣，衝動之下，從我的帆布包中掏出了水瓶，氣沖沖地往回走。

「你這個大爛人！誰喜歡你啊！」邊說我邊打開瓶蓋，將瓶子裡的水潑在他身上。

這一次，江閔晨那氣人的笑容總算是僵住了。

在他反應過來之前，我拔腿就跑，用跑百米賽跑的速度逃離現場。

逃到沂青家避難兼訴苦時，可能是因為我哭得實在太慘了，她很難得沒有吐槽我，只是安靜地聽我說話，時不時抽衛生紙給我。

「這一次我真、真的完蛋了啦……嗚嗚嗚……」我邊哭邊憤恨地對沂青說：「都被妳說對了，早知道我就應該聽妳的話，都怪白目李晟凱在旁邊煽風點火，還有那個江閔晨……混蛋！」

「好了，別哭了，李晟凱是很白目，江閔晨也的確很混蛋，但妳已經哭很久了，再哭下去，明天妳的眼睛一定會腫得很可怕。」

「可是我真的很崩潰嘛。」

「妳是在崩潰發現江閔晨的腹黑真面目，還是在崩潰他不可能跟妳去舞會了？」

「當然是前者！想到他一直都在看我笑話，我都想買凶殺人了。」我今天就應該直接活埋江閔晨才對！只是潑水太便宜他了！

沂青沉思幾秒後道：「果然這種過度陽光的角色通常都有點心理變態。」

「呃，不對吧？誰說陽光的人就一定變態啊？只是剛好江閔晨是變態！」我還是相信有暖男的存在，只不過絕不是江閔晨那種人！

「不過，他的看法倒是跟我一樣，舞會傳說就是騙人的。小微，妳就當他幫妳上了一課，趁這個機會放棄這個迷信吧。」

「什麼？妳不覺得江閔晨的事，恰好證明了舞伴分析系統非常準確嗎？」我認真地對她說：「我本該相信最後的分析結果，就是因為我心有不定才會掉入江閔晨的陷阱！」

「那助教呢？如果舞伴結果準確，他為什麼不理妳？」

這下我無話可說了。

「齁唷！都怪江閔晨啦！馬上就是聖誕舞會了，我卻把將近兩個月的時間都浪費在他身上。我還不如把時間拿去研擬一個詳細的作戰計畫，想辦法說服許嘉理。」

這段日子我一直都躲許嘉理躲得遠遠的，畢竟他跟我去舞會的機率根本為零。

現在離舞會只剩下五天了，難道我只能坐以待斃，挑戰自己會不會又一次成為校園傳說的受害者嗎？

隔天一覺醒來，我的雙眼果然腫得像被人打過。

因為心情不好又處於半毀容狀態，我其實不太想出門，一度想把今天的課都翹掉。然而突然收到小曦學姊約我見一面的訊息，她說有重要的事要問我，我猜應該是想問我舞伴的事吧？

我這才想起來這段時間自己犯了一個大錯！學姊可是舞會傳說的勝利者，在舞伴方面的事，她就是我最值得尊敬的前輩。但無論是抽到兩個舞伴時，還是放任自己沉醉於江閔晨的陷阱時，我都忘了找她商量！

於是，不管我那雙核桃眼到底會不會嚇到人，我還是急急忙忙出門赴約。

「小微，妳怎麼了？」小曦學姊一見到我，就被我的慘狀嚇到了。

我彷彿看到救星般，慌張地把這段時間發生的事全盤托出，希望她能爲我指點迷津。

學姊一直是個很感性的人，聽完後她一把抱住了我，「妳怎麼不早點跟我說呢？我一定會勸妳不要這麼傻，這樣妳就不會受傷了。」

嗚嗚，小曦學姊眞的好溫柔。

「我總覺得我跟江閔晨滿合得來的，還以爲他也這麼覺得，甚至以爲……」我咽了咽口水，試圖把難受的情緒咽下去，「他可能也對我有一點點好感。唉，好丟臉啊！」

一回憶起知曉他的眞面目前，我對他說的話，我就想咬舌自盡。

「沒事的，小微，誰沒碰過幾個渣男呢？告白又不是丟臉的事，有那種惡趣味的人才需要感到丟臉呢。」她拍了拍我的背，安慰道：「不過，我認爲妳應該試著再去拜託許嘉瑆，搞不好事情還有轉圜的餘地喔。」

我有點錯愕，「學姊，妳不知道他拒絕我的樣子有多冷漠，只差沒在身上掛著『別來煩我』的告示牌！更何況我還罵了他，躲他都來不及了，用屁股想都知道他不可能跟我去舞會。」

「所以妳打算就這樣放棄了嗎？雖然阿駱叫我不要一直用詛咒的事嚇妳。可是到了這個節骨眼，我還是想說出我的建議，妳現在更應該參加舞會才對。」小曦學姊說得頭頭是道，「妳想想喔，假如，我是說假如妳之後眞的單身了幾年，妳是不是會怨江閔晨害妳沒參加舞會？」

我愣愣地聽著，總覺得她說得好像有點道理？

「妳就當作轉移注意力，離舞會還有幾天，哪怕是威脅、利誘都好，再試著約約看許嘉珵，千萬不要讓自己後悔啊！」

我被學姊一連串的話弄得有些迷茫，呆呆地點頭，滿腦子都想著，或許我真的應該再求求看許嘉珵？

成功說服我之後，小曦學姊滿意地去上課了，留下仍有點無措的我。

我原本預計今天傍晚錄吃播的影片，多虧了混蛋江閔晨讓我的心情變得極度不美麗，我決定改變計畫，先去買杯黑咖啡消水腫，再去吃點東西安慰一下可憐的自己。

剛走進便利商店，我一眼就看見了自己現在不是很想見到的人。

我小心翼翼繞過姜祈站著的那條走道，打算悄悄去櫃檯點一杯咖啡，之後馬上逃跑。誰知道迎面撞上了一個路人，成功吸引了店內所有人的注意。

我手掩著瀏海，祈禱姜祈沒有認出我的背影。

「學妹？」姜祈的聲音從我後方傳來。

他有這麼多學妹，誰說他一定是在叫我呢？

結果他直接走到我面前，「余依微學妹，幹麼裝不認識我？我很受傷耶。」

「沒、沒有啊，我不知道你在叫我，也不知道叫的人是你啊。」我說得很心虛。

「妳的眼睛……」他盯著我看，有些欲言又止。

我自暴自棄地對他說：「對啦對啦，我昨天大哭一場，今天眼睛腫起來了，正打算買杯咖啡消消腫。我知道看起來很明顯，你就不能體貼地裝沒看到嗎？」

「啊，抱歉，是我思慮不周。」姜祈笑了笑，「不然這樣吧，我請客，就當是不夠體貼的賠罪。」

沒想到，姜祈說的請客，可不只是便利商店幾十塊一杯的咖啡，而是星巴克任我選。連我得寸進尺問他可以點吃的嗎，他都笑著同意。

「你為什麼對我這麼好啊？」我忍不住問。

姜祈聳聳肩，「因為妳是小學妹啊，而且就類似於售後服務吧，畢竟之前妳的舞伴結果出錯是學生會的疏忽。」

售後服務？這服務確實滿周到的。

「所以要跟學長說說看，妳為什麼大哭一場嗎？」

被他這樣一問，我瞬間想起剛剛為什麼一看到他就想躲。

「都怪你啦。」我馬上推卸責任，「怪你上次的建議，所以我現在才會這麼慘。」

「怪我？」他困惑地看著我。

我重述了一遍混蛋江閔晨的腹黑行為，然而不知道是不是我的錯覺，姜祈居然看起來有點……興奮？

「你為什麼看起來好像很開心？」我不悅地瞪著他。

他斂起表情，「沒有啦，我只是覺得很有趣。」

這已經是他第三次對我說有趣了！到底多有趣？

「我這麼慘，還哭成這樣，你覺得很有趣？」我感覺我的血壓又要飆高了。

「眞的啊，我很少對什麼人事物感興趣，但妳這件事眞的很有趣，讓我很想知道後續。」他認眞地說著，「對了，不介意的話，加一下LINE吧，總不能欲知後續都靠巧遇吧？」

我被他突如其來的要求給說懵了，愣愣地讓他加了我的LINE才後知後覺地對他說：「我怎麼感覺你把我的衰事當搞笑劇在看？我是眞的很煩惱耶！」

「小微？我可以這樣叫妳嗎？」姜祈看著我的LINE暱稱問道，「我雖然覺得有趣，並不代表我對妳的煩惱不以爲然啊。」

確實，他一直都很有耐心地傾聽我的煩惱，也很認眞地給我意見，就像一個可靠的大哥哥一樣。

「那你覺得我現在該怎麼辦？」

「我站妳學姊那一隊。」

「你的意思是，我應該回去找許嘉瑆？再給他一個狠狠拒絕我的機會？」

「妳沒試過怎麼知道他這次還是會拒絕妳呢？」

我咬著唇，「可是……」

「我那天才聽說我們學生會的總務長，大一時沒有參加舞會，到現在大四了，還眞的都沒交到女朋友。我就在想，會不會舞會詛咒是眞的呢？還有我認識的另一個人也是——」

他明明笑著說話，可我卻覺得有點毛骨悚然。

「你不要說了！」我摀著耳朵，拒絕再聽下去，「你不是說你也不曉得詛咒是不是真的嗎？」

「我不知道啊，但我現在開始懷疑可能是真的了。」

「不，你不要懷疑。」

「小微，如果詛咒是真的，妳再怎麼鴕鳥心態也沒有用。」

「我不想聽！」

我懷疑姜祈就是故意的，明知道我已經夠害怕了，還故意拿詛咒的事嚇我。他就是想看我再被許嘉理拒絕一次，然後驚慌失措地找他哭訴！

爲什麼我身邊盡是這種人啊？偏偏這種招數對我還很有用！

「拜託你陪我參加聖誕舞會！去一下就好了，眞的，以後我都不會再爲了課業以外的事煩你。只要你答應我，要我做什麼我都願意，求求你！」

就算失敗的機率高達百分之九十九，我還是來找許嘉理了，想著反正臉都丟了，再丟一次也沒什麼。

助教課結束後，我特地留到最後，等其他同學離開，連開場白都省略了，直接向許嘉理表明我的來意。

我彎下腰，呈九十度鞠躬的姿勢，一股作氣把想說的話全說了，就怕說到一半他會打斷我，更怕我會喪失最後的勇氣。

「妳不是說，妳才不想跟我這種人去嗎？」許嘉理冷冷的聲音傳來。

我沒想到他沒有第一時間拒絕，我彷彿看到了一線曙光，開始胡亂找藉口，「那個……我那天可能是瘋了，或者是內分泌失調導致情緒失控……總之，眞的很對不起！是我失禮了。」

他沉默了幾秒，讓我以爲他有那麼一點點答應的可能。

許嘉理看向我，眼神依舊冷漠，「雖然不懂妳爲何那麼堅持找我去舞會，但我眞的對參加舞會沒有興趣，抱歉。」

其實這次是他態度最平和的拒絕，可在他說完話的同時，我就哭了。最後一個希望破滅，絕望的感受讓我沒能忍住想哭的情緒。

「妳……」

我別開視線，不敢看許嘉理，怕他誤會我想用眼淚逼他就範，著急地胡亂用手背抹去淚，「我知道了，抱歉，又拿這種跟課業無關的事煩你。」

說完，我快步離開教室。

看來這就是我三心二意的報應，就認命地擁抱未來單身四年的生活吧。誰說大學非得修戀愛學分呢？從今天開始我就潛心鑽研課業！擁抱會計！

♥

這幾天我努力靠著念書和錄吃播影片假裝不在乎舞會傳說，後來我發現自己根本辦不到，卻又無力改變現狀。

我曾經有兩個舞伴，看起來比別人多了一個機會，結果一個舞伴是只想看我笑話的混蛋，另一個舞伴是根本懶得管舞會的冷淡怪……

突然，手機鈴聲打斷了我的胡思亂想。

我低頭一看，居然是腹黑混蛋江閔晨。我猶豫了很久到底該不該接，畢竟上次見面不是很愉快，實在找不到接電話的理由。

不過最後我還是向不依不饒的鈴聲妥協了，「幹麼啦？」

「太慢了，妳爲什麼這麼久才接電話？」

他居然還好意思抱怨我接電話的速度？

「我爲什麼要接你的電話？」

「可是妳還是接了啊。」

「那我要掛電話了。」

「喂，等一下啦。我是有重要的事要問才打給妳的，妳掛電話會後悔喔。」

我翻了個白眼，「什麼事？」

「今天不是聖誕舞會嗎？怎麼樣？妳拜託妳的舞伴陪妳去了沒？」

「要你管！」爲什麼他能猜到我會再去找許嘉理啊？他該不會跟蹤我了吧？

他輕笑道：「要不要我陪妳去啊？」

我愣了兩秒，接著馬上意會過來，他是故意在鬧我吧！

「你才沒有這麼好心，你一定又想整我對不對？」我氣得直接對他喊：「不需要！你跟你的舞伴去就好！」

「好吧，這是妳自己說的喔，妳別後悔。」

「才！不！會！」我咬牙切齒地說完，馬上切斷通話。

如果我說好，他真的打算陪我去嗎？不對不對，他這麼腹黑怎麼可能？其中一定有詐！

可惡，江閔晨這個混蛋，他絕對是故意選在舞會當天對我說這些話，想讓我抱有錯誤的希望，之後再狠狠戳破。

雖然我不會再傻呼呼走進他設下的陷阱，但不代表他誘人的提議不會影響我的心情啊！氣死我了！

距離舞會開始的時間越來越近，我的心情就越來越差。

下午，沂青跟李晟凱在聊天群組中很好心地說要陪我一起去舞會。

「沂青妳不是對舞會完全沒興趣嗎？」我悶悶不樂地回覆。

「就當體驗大學活動吧，反正今天也沒事。」

我看得出來這是沂青的體貼，她最清楚我有多在意這場舞會。

李晟凱也努力活絡氣氛：「好不容易沂青同意了，就一起去吧！難得的聖誕節不要宅在家裡。」

其實我很想跟他們說：你們兩個是對方的舞伴啊，你們一起去舞會，我看了不是更難過嗎？

但還是算了，畢竟他們是爲了我才決定去舞會的，我不想掃興。

得知我會跟沂青他們一起去舞會後，小曦學姊在入場前兩小時跑來我家，自告奮勇說要幫我打扮。

「學姊，妳別忙了，我只是不曉得怎麼拒絕沂青他們的好意才去的，不用特別打扮啦。」

她邊翻我的衣櫃邊說：「既然要去，那就要打扮得漂漂亮亮呀，搞不好妳就碰上豔遇了呢！對了，妳之前沒有買參加舞會用的小禮服嗎？」

我有點難爲情地翻出我早就買好的黑色平口短洋裝，深色配上蕾絲的材質，看起來有點正式又不會太浮誇。當初在逛網拍時，我第一眼就覺得這件裙子很適合穿去參加舞會，甚至還腦補了江閔晨邀請我的場景，現在想起來只覺得好羞恥！

小曦學姊催促我換上，並在我走出廁所時，一頓猛誇：「這件小禮服眞的太適合妳了！妳快坐下，我幫妳化妝再幫妳用電棒捲一下頭髮。」

我乖順地任由她幫我打扮，半小時之後，她滿意地拉著我走到全身鏡前，「小微，妳看起來超可愛的耶！我如果是男生一定會搭訕妳。」

我愣愣地看著鏡子裡的自己，及肩短髮在學姊的巧手下，弄成了小巧的羊毛卷，配上乾燥玫瑰色系妝容，讓我有種自己馬上能去當雜誌模特兒的錯覺。

「學姊，妳真的好厲害啊。」我忍不住讚嘆，「就是我太不爭氣了，明明妳剛開學就叮嚀過舞會的事，我還是搞砸了。」

「妳才沒有搞砸呢，是那兩個男生沒眼光，我家小學妹這麼可愛，沒看到今天的妳是他們的損失。」她溫柔地對我說：「妳就放鬆心情去玩，不要想太多，緣分該來的時候就會來的。」

我只能乖巧地點頭，不敢告訴她，我其實已經死心了。

沂青和李晟凱見到我時，也大大稱讚了我的打扮，然而看著裝扮非常休閒的他們，讓我感覺自己格格不入。

我嘆了口氣，「你們說我打扮這麼正式幹麼？全場搞不好就只有我沒有舞伴。」

「誰說的？我也沒——」話說到一半，沂青似乎才想起來李晟凱就是她的舞伴，

「不然李晟凱你回去吧，你在這裡是多餘的。」

「喂！」

我強顏歡笑地打圓場：「沒事啦，我們走吧，說好一起去的。」

其實舞會到底辦得怎樣、會場裝飾得多漂亮、活動多有趣，我都沒有特別的感覺。看到別人都成雙成對，讓我更覺得自己可憐了，雖然沂青跟李晟凱很努力想逗我開心，但我就是開心不起來。

這時，手機鈴聲突然響了起來，螢幕上竟然顯示「許嘉理」三個字。當初得知他是我的舞伴時，我第一時間就儲存他的號碼了，只是從來沒有聯繫的機會。

我狐疑地接起電話：「喂？」

「妳在哪？」沒有任何開場白，電話另一頭的他拋出了這個問句。

我不曉得他爲什麼突然要問我在哪，也有點害怕他知道了會嘲笑我，在腦袋一片空白的情況下，我下意識對他說了實話，「我來參加聖誕舞會了。」

「那妳出來一下吧。」他很冷靜地說出了一句讓我無比震驚的話。

「什麼？」我愣愣地轉頭對沂青和李晟凱說：「是助教打來的，他叫我出去一下。」

他們也愣了一下，還是沂青先回過神，催促我出去看看。

我一走出活動會場，就看到站在外面的許嘉琁。

「你怎麼在這？」我不解地看著他。

不知道是不是因爲月光的關係，他的神情竟然多了一分柔和。

「我不懂這場舞會對妳來說爲什麼這麼重要，只是覺得妳應該還是會來。」他清了清嗓子，看起來好像有點彆扭，「放妳一個人參加，怎麼想都不太好。」

「所以你是來陪我參加舞會的？」

「已經開始了吧？這樣還算陪妳參加嗎？」許嘉琁挑了挑眉，像是在詢問我是否還需要他的陪同。

我的舞伴來陪我參加舞會了！

雖然他總是冷冰冰的，從來沒給我好臉色過，他還是特地來到舞會現場，確認我有沒有來參加。不管是出於同情，抑或是其他原因，他都來陪我了。

思及此，我感動得忍不住笑著哭了出來。

「妳怎麼又哭了？」他嘆了一口氣，從口袋裡抽出一包面紙遞給我。

我仰頭試圖阻止眼淚往下滑，「齁，我不能哭啦，等一下要脫妝了。」

許嘉珵靜靜在一旁等我平復情緒，全程都沒有打斷我。

一陣手忙腳亂之後，我再次面向他：「對不起啊，感覺每次都被你看到奇怪的樣子。」

「妳本來就滿奇怪的。」

「啊？」

「沒事。」

我捏著手裡他剛剛遞給我的面紙，深吸一口氣說：「儘管舞會已經開始了，但你能來就夠了。」

說完這句話，我瞬間感到有點害羞。

許嘉珵微低著頭，我沒來得及看清他的表情，他忽然逕自走向舞會現場。走了幾步，發現我沒有跟上，他才回過頭問：「不進去嗎？」

我抑制不住上揚的嘴角，與他並肩往會場走去，側過頭偷看幾眼，才發現他泛紅的耳根早已出賣了他的心情。

當沂青跟李晟凱看到我和許嘉珵一起走進會場時，紛紛露出欣慰的笑容。

「助教，不好意思，你一定是因爲不想再被小微纏著才來的吧？不管怎樣都謝謝你成全她的心願。」沂青不知道是在損我，還是在幫我打圓場。

「小微就麻煩你了——噢！」

李晟凱只講了一句話，我就趕緊踩了他一腳讓他閉嘴，難道他沒注意到許嘉珵的表情越來越僵硬了嗎？

還是沂青比較會看氣氛，發現許嘉珵不是很擅長應付調侃，便開口說道：「我們去拿點吃的，你們兩個聊吧。」

語畢，她就把李晟凱拉走了。

我小心翼翼地看許嘉珵的臉色，「那個……眞的很謝謝你陪我一起來舞會。」

「所以這個舞會到底是幹麼的？」他雙手抱胸，看起來對於眼前熱鬧的景象不怎麼感興趣。

「呃，就是聖誕舞會啊。」我避重就輕地說。

「妳看起來像是對這種活動沒什麼興趣的人。」

「說出來你可能會笑我。」我咕噥著。

許嘉珵瞥了我一眼，「可以笑妳的事應該不只這一件。」

「你沒聽過舞會傳說嗎？」

他搖了搖頭，我只好難爲情地解釋，刻意淡化了舞伴可能是彼此命定之人的概念，並坦白我之所以這麼在意有沒有跟舞伴參加舞會，是擔心詛咒會降臨在自己身上。

說完，我就看見他極度無語的表情，外加嘆了一大口氣。

「你笑我吧，你今天完成了我的願望，所以你做什麼都是對的。」

「我沒有想笑妳的意思，我只是不相信傳說、詛咒或是命運，我相信事在人爲。」

他的臉上確實沒有嘲笑的意味，看起來非常平靜。

「那你聽了這樣的理由，是不是很後悔陪我參加？」我有些緊張。

「沒什麼好後悔的。」他沒有猶豫，很快接了話，「本來想參加的人就是妳，既然我只是陪妳來的，來的理由只要對妳來說重要就行了。」

好奇怪，明明他的表情看起來這麼冷漠，說話的語氣也很冷淡，話語的內容卻像剛拆封的暖暖包一樣，在我心底慢慢發熱。

我對他揚起笑容，「雖然我可能說過了，但我眞的很高興你今天能來，我原本覺得今年聖誕節眞是糟透了，沒想到聖誕老公公還是送我禮物了。」

「世界上才沒有聖誕老公公。」許嘉珵撇過頭，小聲吐槽。

「可是有你啊！」

儘管看不見他的表情，不過我好像發現了，在他冰冷的外表下，藏著一顆容易害羞的心。

後來，我和許嘉珵一起跳了結束舞。

這是今晚我們唯一做過和聖誕舞會最相關的事，還是在工作人員半慫恿半強迫的氛圍下促成的。

至於在那支舞中，我笨手笨腳地踩了他幾腳，甚至差點把他撞倒，這都是後話了。

第三章

舞會結束，周遭的氛圍魔法彷彿統統消失了，我跟許嘉瑆之間變得有些尷尬。

我們順著散場的人群，一起走往出口，一路上都沒說什麼話。

許嘉瑆一臉漠然，我完全看不出他在想什麼。爲了掩飾我的不安和不自在，我一邊左顧右盼，一邊找話題，「奇怪，沂青他們去哪了？」。

我拿出手機想打電話給他們，就看到李晟凱莫名其妙的訊息：「我跟沂青就先回去啦，記得讓助教送妳回家喔！」

「呃……我朋友說他們先走了。」救命，只有我一個人很尷尬啊！

許嘉瑆點了點頭，沒有多做回應，我只好盯著手裡的包包，假裝發呆，逃避沉默的氣氛。

「小心。」許嘉瑆突然伸手拉住我的手臂。

我一個踉蹌直接背對撞進他懷裡，抬頭發現原來是前面的人突然停下腳步，爲避免我迎面撞上對方，許嘉瑆才拉住我。

「不好意——」我的話還沒說完，突然又被一把推開，直接頭捶前面的人的背。

我氣得轉頭瞪了許嘉瑆一眼。

「要扶就扶好啊，幹麼推我？」

咦？是因為燈光的關係嗎？怎麼感覺他的臉有點紅？

還沒來得及多想，被我撞到的人突然轉過頭來，我趕忙跟對方道歉，等再次轉頭面向許嘉琞時，他已經恢復成面無表情的樣子。

「抱歉，剛剛是反射動作，妳沒事吧？」

「除了背差點抽筋，腦袋差點骨折以外，應該都沒事。」我沒好氣地說。

算了、算了，今天晚上許嘉琞對我來說就是天使般的存在，不能對天使不禮貌，要心平氣和……

走出活動會場後，我們無聲地沿著路走。

直到走到後校門附近，我才打破沉默，「我家在那個方向，那我就——」

「是有便利商店的那條街嗎？」

「對啊。」

「我剛好要去買東西，可以一起走過去。」

他的話讓我感到困惑，便利商店不是到處都是嗎？我們右後方就有了啊，幹麼特地去比較遠的那一間？

然而我也不敢多問，就只是簡單回應，「喔，好啊。」

我原本想藉機逃跑的，這下只能繼續和他尷尬地度過十分鐘的路程了。

冬天的晚風比想像中冷，我忍不住打了個冷顫，抱著手臂想讓自己溫暖一點。

「這個借妳。」許嘉琞突然脫下外套遞給我。

「不用啦。」我不好意思地擺擺手。

他沒有理會我的拒絕，直接把外套掛在我的手臂上。

「呃，謝謝。」抱著他的外套，能聞到他的味道，是有點成熟的那種……

等等！我是變態嗎？

我猛搖頭，想搖掉自己腦中的想法，回過神才注意到許嘉理一臉狐疑地看著我，我只好裝沒事，傻笑著套上他的外套。

接下來的路途，果然如我預想得一樣沉默，我沒開口，他也不發一語，我們維持著兩個手掌的距離，並排走在人行道上。

我偷瞄了他幾眼，覺得今晚很不眞實，甚至覺得許嘉理也沒有我想像得那麼冷淡嘛！

走到我家的街口，我總算忍不住好奇問：「助教，你其實是在送我回家對嗎？」

許嘉理低下頭，揉了揉鼻子，「這只是作爲助教的義務，畢竟妳朋友都回去了，讓女孩子一個人走回家不太好。」

「眞的嗎？」我心中突然升起一股惡趣味，歪著頭試圖看清他的表情。

他清了清喉嚨，「今天會去舞會也是，畢竟我是助教，所以……」

「你應該是最好的助教了吧。」我忍不住笑了出來，哪有助教會做到這個分上啦？

看著滿臉笑意的我，他皺起眉頭，忽然正色道：「咳咳，妳之前不是說只要陪妳去舞會，要妳做什麼都願意嗎？」

我愣了一下，「是啊。」

「作為交換條件，妳每週的輔導時間過來幫忙吧。」

「好啊，沒問題！」

許嘉珵叫我去幫忙，估計也只是處理一點雜事，會提出這個要求大概是他想合理化自己今天出現在舞會現場的緣由吧？想到我能就此擺脫舞會詛咒降臨的可能性，別說是每週打雜了，讓我天天去他家打掃都沒問題！

儘管許嘉珵讓我過去幫忙，但他隔天又傳簡訊跟我說：「快期末考了，妳先準備考試，下學期輔導時間再過來就可以了。」

如我所想，他人其實滿好的。

最近我滿腦子都是聖誕舞會，若不是看到他的簡訊，我都快忘了期末考這回事。

說到考試我就頭痛！我真心覺得高中老師根本在詐騙，之前他們都叫我們先好好準備升學考試，上大學之後就可以好好玩了……

確實，大學生的課表比以前自由許多，但會計系每隔一到兩週就有小考伺候，我感覺自己還是有念不完的書啊！

再加上學校選用的教材是英文版，更讓我一個頭兩個大，天曉得我每週花了多少時間和會計課本相處。

幸虧平時有小考的壓力和沂青的督促，我才不至於得在期末考前一口氣念完半本初會課本，且還有餘力讀其他考試科目，最後順利All Pass，可以度過一個開心的寒假。

在這一個多月的假期中，我除了錄製吃播影片、規律運動外，其餘時間我都過得軟爛又快樂，把上學期所有不開心的事都拋在腦後。

唯一一次好心情被破壞，就是在新年時收到江閔晨傳來的祝福訊息。我直接已讀不回，沒想到他又發了另一封訊息質問我爲什麼不理他。

「我不只現在不想理你，以後也都不想！哼！」

看到我如此回覆，他還好意思回傳一個驚訝的貼圖。他有什麼好驚訝的？自己做了什麼不知道嗎？

我沒有聰明到能跟這麼變態的人對決，所以我希望從今往後我們都別再有任何交集！

開學後的第一次輔導時間，我非常準時去課業輔導室報到，沒想到許嘉理看到我之後，居然小聲嘆了一口氣。

這人是怎樣啊？不是他叫我來幫忙的嗎？

我擠出燦爛的笑容，將一個紙袋遞給他，「助教，這是你借我的外套，之前一直錯過還你的機會。」

他點了點頭，無聲地接過紙袋。

「我現在要做點什麼？」

「那……妳幫我檢查一下講義的排版有沒有錯吧，沒問題就幫我印五十份。」

「好。」我一口答應，接著馬上發現不對，「要排版的話，講義應該還是電子檔吧？我沒有帶筆電來欸，還是我回去拿？」

「妳用我的電腦吧。」他把正在使用的筆電推向我。

「你不是正在用嗎？不影響你做事嗎？」

許嘉珵微微一怔，「沒事，妳用吧，我可以先做別的事。」

一邊檢查講義，我一邊偷看許嘉珵，有點無法忍受過於沉默的氛圍，於是主動開口：「上禮拜才開學，老師還沒教什麼進度，最近輔導時間應該沒什麼人會來吧？」

「系上要求第二週開始。」他頭也沒抬，非常簡短地回應。

這話題結束得太快了吧？我以爲參加聖誕舞會後，我跟許嘉珵某種程度上也算是認識了，怎麼還是這麼難聊？

我不依不饒再度追問：「事實上你不需要人幫忙吧？叫我做這件事也只是突然想到的吧？」

他總算抬頭看我，表情略顯僵硬。

「不過我會說到做到，每週都過來，看你有沒有什麼需要我幫忙的地方。」我扯開笑容。

許嘉珵又嘆了一口氣，喃喃自語：「其實不用這麼說到做到。」

「啊？」

「沒事。」他低下頭，將注意力放回課本上。

他似乎有點不自在，讓我忍不住想逗逗他，「你一直都這麼難聊嗎？」

「妳一直都這麼愛說話嗎？」

「我們都說過幾次話了，氣氛還是這麼尷尬，我不太習慣。」

「不是因爲妳，我本來就是這個樣子。」

「你很內向嗎？」我歪著頭，突然對他感到很好奇。

許嘉理沉默了好久，才緩緩開口：「我不是很擅長跟女生相處。」

我一愣，完全沒料到他會這麼說。原來他一直以來的冷漠，都只是因爲不知道怎麼跟女生相處嗎？

「那你之前對我這麼冷淡又一臉面癱，都是因爲你有恐女症？」不小心脫口而出後，我趕緊用雙手摀住自己的嘴巴。

如果眼神可以殺人，我應該已經被許嘉理殺掉了。

「我沒有恐女症，不擅長跟害怕是兩回事。」他冷冷地看著我，「但我的確沒有很愛跟人閒聊，所以妳說我冷淡也沒說錯。」

「可是你明明人很好，一直板著臉，不就會讓大家誤會你很難相處嗎？」

要不是他在最後一刻出現，以舞伴的身分陪我去參加聖誕舞會，我可能永遠都不會發現他並沒有想像中那麼淡漠。

「無所謂，而且我本來就不太好相處，妳不是說我是冰塊男？」

「呃，對不起。」我心虛地低下頭。

之後我時不時抬頭，偷瞥了許嘉理好幾眼。

「有什麼事嗎？」

沒想到很快就被他抓包了，我趕緊解釋，「沒有，我只是在觀察你……」

見他的臉色一青，我才意識到我又說錯話了。

「咳咳。」他清了清喉嚨，「妳檢查完講義了嗎？」

注意到他漸漸發紅的耳根，我忍不住「噗哧」一聲笑了出來。

「我知道了！」像是發現新大陸一樣，我開心地拍手，「你其實很容易害羞對不對？故意擺出凶巴巴的樣子，都是爲了掩飾你的害羞！」

話一說出口，空氣驟然凝結。

「我……」有好多話堆在嘴邊，我卻不知道該先說哪一句。

許嘉理打破沉默，「我一緊張就比較容易面無表情。」

所以才說你是面癱。這一次我總算學乖，只在心裡吐槽。

「妳爲什麼笑得這麼開心？」他狐疑地看著我。

我才意識到自己不自覺揚起嘴角，「沒有啦，只是感覺發現了你的小祕密，好像更認識了你一點。」

「妳……」他第N次對我嘆氣，「我的確不需要人幫我做雜事，所以……」

「沒關係！我知道你一定是害羞才這麼說的。」

許嘉瑆再度無言以對。

以後不管他再怎麼冷淡對我，我都不害怕也不生氣了，只要把他想成傲嬌，就什麼都解釋得通了！

♥

我踏著愉悅的步伐前往視聽教室，今天是我最期待的通識課第一次上課的日子。

這門課是出了名的熱門，除了老師給分很甜之外，聽說課程內容也很有趣。自從搶到這門課，我就覺得這學期自己要開始轉運了，逐漸擺脫校園詛咒的中鏢體質。

果然選課前夕刻意繞遠路，避開校史室附近的小門是對的！

我走進教室時，只有五個同學到了。視聽教室的座位是階梯式的，我這種矮個子即使坐後排也不用擔心視線被擋住，因此我果斷選擇了倒數第二排的位子，這樣離老師遠一點，以便我能隨時偷懶。

等待上課的空檔，我戴上耳機看吃播影片，尋找傍晚錄影時的菜單靈感。

突然，有一隻手在我面前揮，我順勢往上看，差點沒嚇到下巴掉下來。

爲什麼混蛋江閔晨會在這裡？

我的手因爲太過震驚無意識鬆開，手機因此垂直往下掉。

江閔晨眼明手快地接住了差點落地的手機。

「嘴巴閉一閉吧，蟲子都能飛進去了。」他扯開了一抹燦笑，將手機遞給我，「見到我有這麼驚喜嗎？」

我搶過手機，「驚喜個屁！你為什麼在這？」

「我來上課啊。」

「你也修這門課？」

「對啊，妳運氣也很好欸，這門課很難搶。」他忽然彎下腰，用只有我能聽見的音量在我耳邊說：「可運氣最好的部分，應該是能跟我修同一門課吧？」

我的怒火逐漸升起，「我原本也覺得我運氣好，看到你之後才發現原來是運氣差，我為什麼這麼倒霉跟你上同一堂課？」

聞言，他笑得更開心了，「小微，我可以坐妳隔壁嗎？」

「不行。」我立刻把我的帆布包放在旁邊的位子，「還有這麼多座位，你能離我多遠就坐多遠。」

沒想到我低估了江閔晨厚臉皮的程度，他直接拿起我的帆布包，一屁股坐了下來。

「你！」

「難得在通識課碰到熟人，坐一起有個照應不好嗎？」

「一點都不好！而且我跟你才不熟。」

這個人難道忘了我們最後一次通話和見面，都不是什麼開心的收尾嗎？

「但我覺得我們很熟欸，妳不是還約我一起參加舞會嗎？」他臉不紅氣不喘地把我的黑歷史說出來。

我舉起拳頭，惡狠狠地對他說：「你再提一次這件事，我一定要你好看。」

「我長得還不夠好看嗎？」

我要瘋了！

江閔晨越是對我露出他賤兮兮的真面目，越讓我想給當初的自己一拳，我怎麼就這麼笨沒能看出他的劣根性啊！

我瞪向他，正準備回嘴時，他一句「上課了」瞬間壓倒了我的氣焰。我只能氣鼓著臉，扭頭將視線轉向講台。

沒事的，下次上課我就選個旁邊有人的位子，或是晚一點到，選個離他越遠越好的位子。這節課姑且忍一忍，把他當空氣吧！

不過，這間教室的座位間距也太小了吧？我感覺我和江閔晨的手臂時不時就會不小心碰在一起。我們之間的距離近得我甚至都能聞到他衣服上的草本清香，那他是不是也能聞到我身上的味道啊？現在是冬天，我身上應該沒有汗味吧？

我是不是瘋了？爲什麼要想這些啊！

「小微。」

我耳邊突然傳來江閔晨富有磁性的好聽……不對，是討人厭的聲音，我假裝沒聽見。

「小微！」沒想到他居然一邊喚著我的名字，一邊湊到離我只有兩公分的距離。

我馬上警覺地將身體往左側挪，「你幹麼啦？」

「老師剛剛說要分組，之後會有小組作業，兩個人一組，妳沒聽到嗎？」他遞給我一張紙，「在紙上寫上組員的資料，下課前交上去。」

「反正只要不跟你同組都好。」

他笑了笑，沒說什麼。

我環顧四周，思考著該找誰同一組……然而靠走道的位子卡了礙眼的江閔晨，導致我根本沒機會搭訕其他人啊。

「小微，妳看到坐在右邊第三排最外側的那個女生了嗎？」江閔晨突然小聲地向我搭話。

我看了一眼，是個留著一頭漂亮長捲髮的女生，還時不時回過頭偷瞄江閔晨。

「怎麼？她是你最近的惡搞對象？」

「我只對惡搞妳有興趣。」他不要臉地說著，「她前陣子剛跟我告白，之後就一直纏著我，等一下一定會過來說想跟我同組，所以妳幫我個小忙，假裝我們已經一組了。」

「我不要，不關我的事。」

「拜託啦，給她看一眼我們的組員名單，她就會相信了，之後隨便妳要跟誰同組。」

「這麼做我有什麼好處嗎？」

「妳幫我的話，以後我就不在別人面前提妳約我去舞會的事。」

我咬著唇，有點被說服了。反正只是假裝給那個女生看，之後也不用跟他同組，又可以隱瞞黑歷史，聽起來我似乎不虧？

「好吧，那你必須說到做到喔。」我拿出筆，在紙上寫上我的名字、系所、學號，江閔晨也填上自己的資料。

「謝謝。」江閔晨露出感激的笑容，拍了拍我的頭。

在他的手掌觸到我頭頂的瞬間，我的臉不爭氣地升溫了，只好趕緊低下頭，遮掩自己的表情。

「今天課就上到這邊，同學們記得把你們的分組名單交上來再走。」

老師一說完這句話，大家紛紛從位子上站起來，有的人直接走上台繳交分組單，也有還沒分好組的人開始四處尋覓組員。

我轉頭對江閔晨說：「喂，你趕快處理好你的事，我要去找人跟我同組。」

「好，可是她還沒過來找我啊，我直接拿單子給她看不是會顯得很自大嗎？」

「反正你本來就很自大。」

「只有妳知道而已，我平常形象很優質。」他不疾不徐地說。

眼睜睜看著越來越多人交了單子離去，我著急地看向那個捲髮女，希望她趕快過來找江閔晨。

沒想到，她起身後徑直走向講台，把分組名單交給老師，頭也不回地離開教室了。

我瞪大了眼睛，側過頭凶狠地質問江閔晨，「你不是說她會來找你嗎？」

「啊，她該不會擅自在分組單上寫我的名字吧？我過去看看。」說完他就背起書包，走向老師。

我總感覺哪裡怪怪的。等一下！我的分組單呢？該不會……

猛一抬頭，只見江閔晨站在教室門口對我揮了揮手，笑得有夠燦爛，在我眼裡卻極度欠扁。

「小微，我幫妳交好分組名單了，不用謝我啊！」

這個該死的江閔晨！我要殺了他！

我快速收好包包，氣沖沖地走向講台，正想著該怎麼跟老師解釋這個誤會時，才注意到教室裡已經沒剩幾個同學，而他們看起來也都是已經分好組的樣子。

於是，面對老師帶著慈祥微笑的詢問，我很孬地說了句：「謝謝老師，下禮拜見。」

江閔晨絕對是故意的！他早就計畫好了！那個捲髮女的事應該也只是唬我的，還故意拖延時間，害我根本沒辦法挽救這個局面。

我到底有多蠢才會再相信他一次！

走出教室，就看到背靠柱子，滿臉笑意的江閔晨。

「妳在找我嗎？小微。」

「對，我在找你，剛想好了一百零八種弄死你的方法，只是還沒選好要執行哪一種。」我咬牙切齒地對他說。

我走到他面前，雙手抱胸狠狠地瞪著他，雖然身高的差距讓我脖子有點痠，可氣勢上可不能輸。

「你在想什麼？你不是很討厭我嗎？爲什麼不乾脆裝作不認識我就好？幹麼還要跟我同組？」

他展開爽朗的笑顏對我說：「我沒有討厭妳啊，反而覺得妳很有趣。」

「有、有趣？」

「而且難得有人知道我眞實的性格，跟妳相處不用僞裝，我覺得很放鬆。」

「我一點都不覺得放鬆好嗎？你不討厭我，但我很討厭你！所以你離我遠一點，不然我就……到學校論壇曝光你的眞面目！」

江閔晨居然笑了，「妳去啊，反正沒人會相信。」

「哼，你信不信我下次偷偷錄音或錄影。」

「那妳可能要小心那些追著我的花痴女，她們會說妳是愛我不得、由愛生恨，才故意造謠。」他一點都不慌，輕輕鬆鬆就把我的反擊化解。

看我啞口無言的樣子，他笑得更開懷了，眞變態。

「而且我很肯定妳不會說出去。」

「爲什麼？」

「會說的話，妳早就說了，過了這麼久連傳言都沒有，只能說明……」他低下頭，故技重施，緩緩靠近我。

「你、你……你幹麼？」我只能很沒用地一邊說著，一邊膽怯地向後退。

江閔晨在恰到好處的距離停下，眉開眼笑地對我說：「妳就跟我當初想得一樣笨！」

「碰！」

我放下包包的力道過大，以至於在教室的同學全都朝我看了過來。

「幹麼？不是早上還跟我炫耀妳要去上轉運通識課嗎？怎麼火氣這麼大？」一向冷靜的沂青也被我嚇了一跳。

「轉運個屁！我一定是倒霉才會選到那堂課！」

「那堂課不是聽說很有趣、分數又甜嗎？選課率都破百，選到哪裡倒霉了？」她狐疑地望著我，「老師換人了？還是老師剛好從這學期開始變態了？」

「我選之前可沒聽說那堂課會有天殺的江閔晨！」

「你們兩個倒是滿有緣的啊。」

「有緣個屁！是孽緣！」

「孽緣也是緣。」

我氣得把剛剛又被江閔晨耍一次的事跟沂青告狀。

她挑了挑眉，「江閔晨太幼稚了吧，怎麼感覺他像小學生在捉弄喜歡的女生？」

「怎麼可能？我覺得他就是以氣我爲樂，每次跟他講話我都好想回到過去掐死約他去舞會的自己。」

「他就是妳過於迷信的報應，以後每週看到他記得都要反省。」

我沒有告訴沂青，我其實並沒有對此反省，因爲事實證明，我的正牌舞伴許嘉理確實是一個好人啊！

自從知道許嘉理的祕密，我開始對下次見面產生了一絲期待，因爲……逗他好像有點好玩，嘿嘿嘿！不過這點壞心眼我才不敢讓他知道，否則他可能不會再讓我去幫忙了。

♥

「今天助教課就上到這邊，有問題可以發e-mail給我，或是在輔導時間過來問問題。」

台上的許嘉理一宣布下課，大家紛紛起身討論要去哪裡吃晚餐。

「小微，今天要一起吃晚餐嗎？」李晟凱向我和沂青發出邀約。

「不了，我待會有事。」

我對沂青使了個眼色，她馬上意會過來今天晚上是我錄吃播的時間。

「妳在減肥嗎？怎麼感覺妳下課後常常不吃飯就回家了。」

「我……」正想著該怎麼搪塞他時，我注意到講台四周的人似乎走得差不多了，靈機一動，「之後再說！我現在有事。」

我拿出剛收進後背包的講義，跑上台找許嘉理。

「助教，我有問題要問。」

他嘆了一口氣，「妳不能輔導時間再問嗎？」

「不能。而且你不知道嗎？嘆氣會害幸福跑掉喔！」

「妳爲什麼總相信那種胡說八道的迷信？」

「這才不是迷信，你不覺得——」

他果斷地打斷我，「妳要問哪題？」

我隨意指了某個題目，看著許嘉理認命地替我講解，嘴角就忍不住揚起。

講解完後，許嘉理用最快的速度離開教室，我一點也不介意，因爲我知道他一定是在害羞。

「嘖嘖嘖，你們兩個怎麼感覺變親近了？」李晟凱很八卦地湊了過來。

「有嗎？」我故作鎭定地收拾包包，「我就是正常地問題目啊。」

「妳什麼時候變得這麼好學了？」沂青附議他的論點，「感覺你們之間的氛圍確實不太一樣了。」

「我這學期決定在課業上努力一點不行喔？」我背起包往門口走，沂青跟李晟凱趕緊跟上我的腳步。

「少來了，妳跟我一樣是臨時抱佛腳型的，不要以為我不了解妳。」李晟凱不依不饒地逼問我，「別忘了舞會那天我們幫妳跟助教製造機會，妳別過河拆橋。」

「才不是那樣，我只是發現了他反差的一面，覺得逗他滿有趣而已。」

「小微，妳是不是對他有好感了？」

「我才沒有。」

李晟凱根本沒管我說什麼，自顧自地繼續說：「江閔晨怎麼辦？」

一聽到江閔晨這三個字我就來氣，「誰都不准跟我提那個混蛋！再讓我看到江閔晨，我一定要把他折成兩半！」

「妳要把誰折成兩半啊？」身後突然傳來熟悉的聲音，我頓時愣在原地，察覺到聲音的主人正慢慢朝我走近，我只能僵硬地轉過身。

只見江閔晨雙手插著牛仔褲口袋，臉上揚著一抹親切到有點嚇人的微笑，「余小微，妳講別人壞話也不知道低調點？」

「江閔晨？」李晟凱伸出食指指著江閔晨，浮誇地驚呼。

「嗨。」江閔晨親和力十足地揮了揮手，「我常常聽小微提起你們，李晟凱跟莊沂青，沒錯吧？」

這人眞會演！又開始用閃亮亮的笑容騙人！

「你居然記得我的名字？」李晟凱很明顯已經掉入他親切的假象中，彷彿下一秒就要加入他的後援會。

「你不要被他的笑容給騙了！他可是個腹黑。」我雙手叉腰，擋在李晟凱跟江閔晨中間。

江閔晨突然將手搭在我的肩上，笑容可掬地說：「不介意的話，我想跟你們借一下小微，我有點私事想找她商量。」

李晟凱馬上回覆：「當然不介意啊。」

「請便，太晚的話記得把她送回家。」沂青也同意。

「我很介意！我還有事，才沒空理你。」

我試著撥開江閔晨的手，然而他卻不動如山。

「謝啦，那小微我就借走嘍。」

江閔晨的表情雖然很自然，動作卻十分強硬。我只能踉踉蹌蹌地被他拖著走，並憤恨地瞪著沂青和李晟凱這兩個見死不救、沒良心的朋友。

在樓梯口前，我好不容易抓到一個甩開他的手的空檔，「你到底想幹麼啦？」

「我不是說了嗎？我有私事想找妳商量。」

「我說了，我沒空！」

「現在不是晚餐時間嗎？妳看起來也不像已經有約的樣子，就跟我一起吃飯吧。」

江閔晨一點都沒把我的拒絕放在眼裡，「妳如果不想吃就看我吃，我只占用妳半個小時就好了。」

怎麼辦？我真的要看他吃嗎？可我待會要錄影，而且我已經想好今天的菜單了。

江閔晨笑了笑，像在哄小孩似的對我說：「好啦，別生氣了，走吧！再僵持在這裡，妳可能馬上就要上校園討論板嘍。」

聞言，我馬上警覺地環顧四周。江閔晨顯眼的外貌果然已經吸引了一些路人的視線，再加上我們站的位置正好是大家上下樓的必經之處，格外引人注目。

最後我還是妥協了，但我沒想到的是，江閔晨這個混蛋可以狠心到這種程度。他居然把我帶去一家美式餐酒館，點了滿桌的食物，然後當著我的面開始大快朵頤。

「你到底想怎樣？」我咬牙切齒地瞪著他。

「晚餐啊。我不是說了嗎？妳不想吃就看我吃。」他擺出很無辜的臉。

這人是故意的吧？這些全是高熱量的食物，隨便吃幾口我就得慢跑還債，偏偏看起來都好好吃啊，還香得要命！而且我待會還要錄吃播，現在吃了，今晚的拍片計畫就毀了。

「小微，妳看起來口水都快流下來了欸。」他滿臉笑意，甚至刻意拿起一片滿是餡料的披薩，「來，想吃就吃吧，現在不是晚餐時間嗎？這是韓式泡菜口味的，很好吃喔。」

我趕緊大力搖頭，想把自己給搖醒，「你又在打什麼邪惡算盤了？你是不是故意想讓我吃一口，接著叫我買單，坑我一頓？」

「妳這樣誤會我，我很傷心欸！我跟妳保證，這一餐我絕對會請客，可以嗎？」他右手拿著披薩，左手比出發誓的動作，看起來有夠真摯。

「眞的嗎？」

「眞的啊。」

最後，我終究敵不過飢腸轆轆的自己，接過披薩，小心翼翼地咬了一口。

「好吃嗎？」江閔晨露出一抹溫暖的微笑，讓我渾身都起了雞皮疙瘩。

我怯懦地點了點頭，「你爲什麼突然對我這麼好啊？我已經咬一口了，你有什麼陰謀你現在可以說了。」

「哪有什麼陰謀啦，只是覺得以後我們還要同組一起做作業，每次見面都劍拔弩張不太好吧？吃完這一頓，以後就友好相處吧。」

友好相處？從發現他眞面目的那天開始，每次見面他都在欺負我，這樣我們該如何友好？

然而他這麼變態，還是不要隨便刺激他好了。我先假意附議，吃完這一頓，大不了以後就公事公辦，除了課堂以外，不要跟他有任何接觸就好！

想好對策，我假惺惺地抿起嘴，努力對他微笑。

「多吃點啊，還有很多呢，沒吃完就浪費了。」江閔晨輕鬆地笑了笑。

「哪吃得完啊，你點太多了。」雖然我平常錄吃播的時候，也一次吃很多東西，可他點的量還是遠超過我的食量了。

「我全部都想試試啊。」他不斷塞食物給我，「妳吃吃看這個炸雞，我覺得滿好吃的。」

儘管還是想不透他爲什麼一直餵食我，可不吃白不吃，反正都已經開吃了，今天就放棄錄影計畫，放開肚皮吃吧！

我接過他遞來的炸雞腿，捏著靠近骨頭尾端的部分，按照我平時的吃法，配合手的轉動，一口就把前端的肉跟皮全都放進嘴裡。果然炸雞腿就是要這麼吃才爽啊！有好一陣子沒有拍炸雞主題的吃播了呢，好想念這個味道啊。

「小微。」江閔晨忽然笑咪咪地對我說，「妳是不是在做吃播啊？」

我瞬間定格，手上抓著的雞腿骨「咚」的一聲掉落在餐桌上。

「你說什……」過於慌張的我，話都還沒說完，就被嘴裡還沒完全咽下去的雞肉嗆到，「咳咳咳，你……咳咳……」

他的笑意更深了，不慌不忙地倒了杯水給我。

我灌了幾大口水下去，又咳了好久，才平復過來。

「你剛剛說什麼？我怎麼沒聽懂？什麼是吃播？」我很努力裝傻，腦中一片空白，完全沒有頭緒他爲什麼會知道這件事。

江閔晨拿出他的手機，上面正播放著吃播主Only Eat的影片，菜單還正好就是炸雞，「這個是妳吧？」

原來這就是爲什麼他要拿炸雞腿給我，他這句話根本就不是詢問，而是確認！

「不是啊，你認錯人了吧？這是什麼啊？呵呵呵。」

他不疾不徐地按下播放鍵，「可是妳看，這個吃播主吃炸雞的方式跟妳一模一樣欸。」

「很多吃播主都是這樣吃炸雞的吧？」

「妳剛剛不是說妳不知道什麼是吃播嗎？」

「我猜的啦，哈哈哈哈。」我還在垂死掙扎。

他乾脆舉起手機，放到我的臉旁邊比對，「她的鼻子、嘴巴、下巴都跟妳長得超級像，甚至連左臉的痣的位置都一樣……就算是雙胞胎能做到連痣都在同個地方嗎？」

死定了。

「余小微，妳就是Only Eat吧？」江閔晨雙手托腮，嘴角勾起一抹弧度。

他的眼神就像在對我說：抓、到、妳、了！

第四章

江閔晨點破我Only Eat的身分時，語氣幾乎是肯定的。

我一慌張，不小心脫口而出：「拜託你，不要告訴別人！」

「喔？爲什麼？」江閔晨頓時露出饒富興味的表情。

「因爲我不想讓別人知道我就是Only Eat，更不想讓粉絲知道我是誰。」網路世界這麼可怕，一露臉就可能被肉搜，經歷過的事也會被放大檢視，光想就覺得沒隱私。

「那妳應該很清楚，想要我協助保密是要付出代價的吧？」他的右手撐著下巴，左手手指輕輕敲打著桌面。

我有非常不好的預感，「你想要封口費嗎？」

他輕笑出聲：「我哪有這麼惡劣。」

不，我寧可你惡劣一點，因爲錢能解決的問題，通常就不是問題。

「以後妳都要乖乖聽我的話，知道嗎？余小微。」他看我的眼神就像盯著獵物的獵豹。

「什、什麼叫乖乖聽話？」我不禁渾身發顫，緊張地吞了一口口水。

江閔晨伸出手捏住我的臉，「意思是，不要忤逆我，否則我就把這件事公布在校園討論區上。」

從那天起，江閔晨三不五時就把我當僕人使喚，就像我現在收到的這則訊息：「十五分鐘內幫我買一份校門口那家店的烤肉飯，送到機械系館二樓。」

總有一天我要殺了江閔晨那個混蛋！

雖然每次幫江閔晨跑腿買東西，他都會給我錢，但我又不是外送小妹！而且他還很「貼心」地跟我要了課表，完美避開了我沒空的時間。外送員至少還有拒絕接單的權利，我卻沒有。

我只能強忍行凶的衝動，衝出門幫他買飯。

氣喘吁吁地來到機械系館，還沒來得及上樓，我就聽見江閔晨的聲音從二樓傳來：「好慢啊。」

一抬頭，只見他雙手撐在欄杆上，懶洋洋地看著我。

「我要點餐、等廚師做好，再跑來你們系館，你覺得十五分鐘有可能嗎？」我咬牙切齒地說。

「妳最近越來越叛逆了喔？」

「你不要太過分。」我來到二樓，把裝著便當的塑膠袋遞給他，「拿去，六十塊錢。」

「謝啦，一百給妳，不用找了，剩下的請妳喝飲料。」

江閔晨壞歸壞，但都會在我的脾氣引爆前適時收斂，確保我不會萌生企圖同歸於盡的念頭。

不過他說話就說話，幹麼揉亂我的頭髮啦？

任務完成後，我朝他揮了揮手，打算直接回家。誰知道他突然拉住我外套的帽子向後扯了一下，我因此呈現一個半倚在江閔晨懷裡的姿勢。

我趕緊站正，推開他的手，跟他保持一小段安全距離，「你要的東西我送到了，還要幹麼？」

「妳待會不是沒事嗎？陪我吃飯吧。」

「我不要。我幹麼陪你吃飯？我現在很餓，一點都不想看別人吃東西，而且我更不想被你們系的人看見。」

「很餓？那分妳吃一點啊，我不會跟妳收錢的。」

這人抓重點的能力怎麼這麼差？我老實交代：「我晚上要錄吃播，現在不能吃。」

他看起來似乎不太理解，歪著頭問我：「爲什麼？」

「因爲會胖！你不知道好吃的食物幾乎都是高熱量嗎？我如果錄吃播還正常吃三餐，一個月後你就認不出我了。」

「妳又不胖。」聽到這句可以算是稱讚的話，我愣了一下，可他下一秒馬上又補了一句，「妳只是很矮。」

「還眞是謝嘍！沒事的話我要走了，再見……不對，最好不要再見！」

「應該不可能。」他嬉皮笑臉地說，「我突然有點好奇吃播是怎麼錄的，妳晚上拍片的時候，讓我參觀吧。」

「我才不要。」就連沂青都沒在旁邊看過我錄吃播，這種事光想就覺得很彆扭，我為什麼要讓江閔晨看啊！

「是嗎？那只好讓學校裡Only Eat的粉絲，明天來訪問妳錄製心得了。」

這個人真的很惡劣欸！我一邊瞪他，一邊生悶氣，卻又不敢反駁。

「好啦，別生氣了。妳打算吃什麼，我幫妳買，嗯？」

這人整天威脅我，還好意思叫我別生氣？

不過很孬的我，只能弱弱地說：「那你去買市區那家韓式料理，我要起司辣炒雞加年糕、綜合口味炸雞跟起司球。」

「好，不過妳真的吃得完嗎？」他笑了，彷彿在嘲笑我的食量。

「要你管！」我丟下一句話後直接轉身跑開。

傍晚，江閔晨準時出現在我家門外。

沒想到江閔晨居然是第一個來我家的男生……這個場景如果發生在幾個月之前，估計我內心那頭小鹿已經亂撞而死了。然而現在比起緊張，我更想把他過肩摔。

「余小微，妳一直這樣看我，我會以為妳還在偷偷暗戀我。」江閔晨彎下腰和我平視，表情像在揶揄我。

「暗戀你個頭！」我羞憤交加，一把將他推開。

「妳要的食物都買來了，要放哪？」他彎了彎嘴角，站穩腳步，神色自若地參觀起我家，「以一個大學生租的房子來說，妳家好大，而且還有廚房。」

「因為要拍吃播影片，外賣的選擇有限，偶爾得自己煮。」我邊說邊從他手中接過有些沉重的袋子，摸了一下底部，還熱騰騰的。

我照慣例拿出各式好看的盤子，小心翼翼地將每份食物擺盤。完成之後，我一抬頭就看見在一旁坐下的江閔晨好奇地盯著我看。

「幹麼啦？擺盤有什麼好看的？」

「我第一次看人拍吃播影片，感覺很新奇。」

原來他是真的好奇拍攝吃播的過程，不是想要整我？

發現自己可能誤會他了，我心裡有點過意不去，只好別過頭將注意力放在拍片上。架設好相機和麥克風，調整好拍攝角度，也確認過擺盤在畫面中的呈現效果，我往透明玻璃杯中裝了點冰塊，並拿出一罐氣泡水。

一切準備就緒，我坐下來打算開始錄影，但旁邊那道目光實在是太過灼人，看得我渾身不對勁，忍不住對江閔晨喊道：「你一定要這樣盯著我嗎？」

「我沒有盯啊，我就是看而已。」他一臉無辜。

「你這樣我很尷尬欸。」

他挑了挑眉，「妳再不開始，我保證能讓妳更尷尬。」

聽到這句話，我臉一黑，「不需要！我要拍了，你閉嘴。」

我努力說服自己：把江閔晨當成隱形人，假裝沒看見他就好！

按下錄影鍵，我對著鏡頭揮手，「大家好，這裡是Only Eat！今天要吃的是韓式料理，菜單有加了年糕的起司辣炒雞、起司球、韓式辣醬和蜂蜜芥末口味的炸雞，搭配的飲料則是水蜜桃氣泡水。」

我將氣泡水倒進玻璃杯中，再將杯子拿得離麥克風近一些，以確保能錄到氣泡的聲音，作為影片的開場。接著把食物放進事先準備好的小碟子，先吃幾口辣炒雞，再換吃起司球。

吃起司球得先咬一口，但不能咬斷，再將剩下的起司球往外拉，讓觀眾看到起司拉絲Q彈的樣子……拍吃播影片拍久了，無論再怎麼餓，確保畫面呈現食物最好吃的一面，總是會被排在好好品嚐美食之前，這就是我的職業病。

吃播影片的成功與否，取決於能不能激起觀眾的食慾。我不僅要吃得滿足且開心，也不能吃得太髒，時不時還要給食物特寫、邊吃邊確認螢幕上的畫面……導致我整個吃飯過程滿忙碌的。

剛開始拍吃播時，我就只是純粹在吃飯而已，隨著追蹤人數變多，就不再那麼隨心所欲了。

話雖如此，我還是很享受這件事，畢竟能吃著喜歡的東西，又能從觀看次數和訂閱人數獲得成就感，何樂而不為呢？

不知不覺，桌上的食物已經被我掃空了。

平時我通常會錄一個收尾口白，但我剛剛整理儀容才想起江閔晨還在我家，於是就簡單對著鏡頭揮揮手做爲影片的結束畫面，打算事後再後製字幕作爲結束語。

「好了，拍完了，你滿意沒？」我還是覺得很彆扭，不太敢直視江閔晨的眼睛。

沒想到，他居然捧場地拍著手。

「你拍什麼手啦？」這人是不是存心想讓我更尷尬？

「覺得妳很厲害，這麼多東西居然都吃完了。」

「我沒有全部都放到盤子裡好嗎？」我指了指一旁的包裝盒，「不全部吃完，觀眾會覺得不過癮，所以放的時候就要放能吃完的分量。」

「可是我看吃播影片中的食物，分量都感覺超大的。」

「那是因爲擺盤時，我們通常會選擇能讓分量看上去比實際多的容器。」

江閔晨接著又問了幾個和吃播相關的問題，感覺是眞的好奇而不是要取笑我，因此我也難得沒有怒氣沖沖地回話。這好像是知道他的眞面目之後，我們之間最和平的一次對話。

我其實還是不太明白，他爲什麼要把自己僞裝成一個隨和親切的暖男？明明他眞實的性格任性妄爲又愛欺負人，這樣不累嗎？

他當時嘲諷我就跟多數人一樣，只是喜歡校園王子的形象，或許他說得並沒有錯。我從未眞正深入了解過他，才會在發現眞相時，比起難過或是失戀的感覺，更多是因爲被耍而生氣。

我當初的心動，只是因爲戀上了一個假象而起，又因眞相揭露而迅速消逝。

「余小微！」

回過神來，我才注意到江閔晨滿臉疑惑地看著我。

「啊？」

「有人像妳這樣跟人講話講到一半開始發呆的嗎？」

「我只是在想事情。」

「想什麼？」

可能是剛發完呆，大腦還在待機狀態，我下意識脫口而出：「在想你不要總是騙我、整我、威脅我，你眞實的性格也沒有那麼難相處啊，爲什麼你要——」

我及時恢復理智，趕緊捂住嘴巴，不敢繼續往下說。

江閔晨明顯一愣，笑容都僵住了。

「我……我亂說的啦！哈哈哈。」

這下可好了，好不容易緩和的氣氛又被我弄尷尬了。

我差點就要道歉，下一秒又覺得自己幹麼道歉啊？他確實常常欺負我啊。

「是嗎？」江閔晨很快就恢復正常，擺出似笑非笑的表情。

後來的氛圍有點微妙，儘管江閔晨在聊天時還是會調侃我，但更多時候都擺著若有所思的神情。

♥

今天睜開眼後，跳進我腦中的第一種感受，就是鮮明的痛覺。

生理期明明還要一個禮拜才會來，爲什麼我會毫無理由肚子痛啊？

我原本想吃顆止痛藥，翻了一下抽屜，家裡偏偏沒有庫存了。

這時我忽然想起沂青常常念我飲食這麼不正常，總有一天會把腸胃搞壞，該不會今天就是它們被搞壞的時刻吧？

我昨天好像只吃了午餐，算一算已經空腹好久了。

在即將痛死之前，我拚盡全力撥出了求救電話，電話一被接通我就虛弱地說：「沂青，我快死了，妳快來救我吧！幫我買止痛藥……」

「我不是沂青。」手機另一頭傳來的卻是許嘉理的聲音。

「欸？我不是打給沂青嗎？」我嚇得一瞬間都忘了疼痛，我剛剛是從通話紀錄頁面撥出電話的……啊，對了，我昨天要幫許嘉理跑腿，曾經打電話問過他細節，他的通話紀錄才會在這麼上面。

「妳怎麼了？」

「我……」我一時不知道怎麼啓齒，雖然疑似因爲餓太久而肚子痛並不丟臉，但我沒想對許嘉理說出這麼滑稽的理由啊！

「妳不是想找人幫妳買藥嗎？妳哪裡不舒服？直接去看醫生比較好吧。」他的語氣好像有點著急。

可能是腹部頻頻傳來的陣痛讓我無法再多思考，我直接坦承，「我可能只是餓太久才會肚子痛啦！」

電話另一端沉默了好幾秒，才傳來他簡短的回應，「好。」

說完，他就掛了電話。

這個「好」是怎麼一回事？他要幫我買藥？還是只是表達「好喔，知道了」？我還要再打給沂青嗎？

突然，許嘉珵傳來了一則訊息：「把妳家地址傳給我。」

我回傳了地址後，頓時有點緊張，這句話的意思是他打算送止痛藥過來嗎？怎麼辦？我家現在很亂欸，這樣他會不會覺得我很邋遢啊……

等等，我爲什麼要在意許嘉珵怎麼看我的？這是我家耶！

我就這樣天人交戰，猶豫著到底要不要起床整理，直到電鈴響起的那一刻。

「我在妳家門口。」手機同時收到了許嘉珵傳來的訊息。

走到門口的過程，我在鏡子裡瞥見了自己邋遢的模樣，臉色看起來很差，連小熊睡衣都沒來得及換掉。我最後的倔強，就是用手把亂糟糟的頭髮稍微理順。

一手捂著肚子，一手開門，迎面而來的是許嘉珵一言難盡的眼神。

「妳……」他欲言又止。

「看起來很慘嗎？不是看起來而已。」是眞的很慘。我自暴自棄地直接趴回床上。

「……妳也太放鬆了吧。」

「我都這麼不舒服了，招待不了客人很正常吧？」反正我難堪的樣子，他又不是沒見過。

許嘉琨將一袋東西放在桌上，袋子摩擦的聲音，吸引了我的注意力。

我轉頭面向他，依然維持側趴的姿勢，「你幫我買藥了嗎？」

「買了，但妳先起來吃點東西再吃藥。」

「可是我肚子痛。」

「妳不是說妳餓很久嗎？空腹吃藥不好。」

拗不過他，我只好抱著抱枕起身，乖乖坐到餐桌前。

他買的是一碗非常清淡的瘦肉粥，我一邊喝著粥，一邊偷偷觀察他。他沒有四處張望，也沒有到處參觀，甚至還傻乎乎地站著。

「你怎麼不坐下？」我忍不住問。

聞言，他拉開一張離我最遠的椅子坐下，看起來不是很自在。

「你是不是很尷尬？」我輕笑。

他坦率地點了頭，「有點。」

看來這段時間的相處，多少還是有讓許嘉琨對我敞開心扉一點。他明明不擅長和女生相處，卻在接到我的電話後，馬上去買粥和藥趕來，這樣應該說明他在擔心我吧？

一口又一口喝下他特別為我買的熱粥後，感覺疼痛舒緩了不少。

「妳為什麼……」許嘉理突然抬頭。

我沒來得及斂起笑，被他抓個正著。

他微微皺眉，「笑什麼？」

「覺得開心啊！謝謝你來探望我，雖然是誤打誤撞。」

結果他看起來更不自在了，略微手足無措的樣子，和他冷冰冰的外表對比，竟然有種反差萌。

「所以你剛剛想問我什麼？」我終究不忍心看他困窘太久，替他找了個台階下。

許嘉理扶了扶眼鏡，試圖正色，「妳為什麼會餓很久沒吃飯？」

我愣了一下，不知道該不該跟他說我在做吃播的事。他知道什麼是吃播嗎？他會不會對於我混亂的飲食方式不以為然呢？

掙扎了許久，我選擇對他說實話：「我在當吃播主，因為常常要拍吃播影片又怕會變胖，通常要拍片的時候，一天就只會吃一餐。」

說完，我緊張地看著他，等待他的反應。

「吃播就是吃飯給別人看的那種影片？」

「呃，對。」

「我不是很懂這個，就算這對妳來說是很重要的事，還是別再因此把自己搞到胃痛比較好。」

許嘉珵認眞的神情，竟一瞬間讓我有些失神。

儘管他不了解吃播，卻能明白這件事對我來說很重要，所以沒有妄下任何評斷。至於後面那一句，雖然不明顯，但那就是確確實實的關心。

「你在擔心我嗎？」我難掩笑意。

「我只是……」他看起來有點慌張，試著想解釋，對上我的視線又啞然。

這樣的許嘉珵怎麼好像有點可愛？

「我只是怕下次接到這種電話，就不是只需要買藥這麼簡單了。」

「你是說我可能要送醫院嗎？」我忍不住逗他，「那是不是代表下次你依舊會來救我呀？」

聞言，他直接轉頭，不再理會我。

不過沒關係，我相信許嘉珵仍然會在我需要時，及時出現在我面前。

自從那次烏龍求救事件後，我跟許嘉珵之間的距離好像悄悄地拉近了一些。每週一次的打雜工作，我們不再像一開始那樣沉默，只要他不忙，我都會主動搭話。

通常只有小考當週，課輔時間才會有比較多學生來問問題，其他時候基本上都只有我們兩個人，我甚至覺得這段時間根本快變成我的私人補習班。

儘管都是我在開話題，他更多時候只是在回答我的提問，但無論我問多無聊的問題，他都會回應我，所以我也不介意他的答案總是很精簡。

每一次和許嘉珵相處，我都會發現他新的一面，進而對他產生更多好奇。他明明是個很溫柔的人，只是他的溫柔都藏在冰塊臉之下。如果大家知道他這一面，是不是也會跟我一樣，變得更想靠近他呢？

等等，爲什麼我突然這麼在意他啊？

「妳爲什麼一直東張西望？」坐在我對面的許嘉珵很快就注意到舉止怪異的我。

「沒、沒有啦，我是在想……等等輔導時間結束，要不要一起去吃飯？」

空氣瞬間凝固，我非常後悔方才那衝動的邀約。

「妳今天還沒吃飯？」

聞言，我猛然抬頭，對於他沒有馬上拒絕我感到十分訝異。

接著我靈機一動，抱著肚子開始裝可憐，「還沒啊，所以現在好餓喔。」

今天晚上我原本打算錄影片，如果許嘉珵答應邀請的話，我可以爲他破例，延後一次錄影時間。

他沉默了很久才開口：「我晚上還有課。」

「好吧。」雖然我早就有預感他會拒絕，可眞正被拒絕時，多少還是有點失望。

「課從六點開始，如果在那之前買回課輔室吃，也不是不可以。」

說這些話時，許嘉珵並沒有看我，視線全放在電腦螢幕上，我總覺得他在故作淡定。

「好，我知道了！你想吃什麼？我去買！」我開心地拿出皮夾。

「不用了，等輔導時間結束，我跟妳一起去。」

「爲什麼？我先買好不是比較省時間嗎？」

他淡淡一笑，「讓妳一個女生去跑腿，不太好吧？」

「我、我先去一下廁所！」難以言喻的感覺在我心底油然而生，讓我不太自在，只能找藉口逃出課輔室。

我飛奔進廁所，站在洗手台前，努力讓自己冷靜。

余依微！妳在緊張什麼！爲什麼心跳這麼快又這麼大聲？

和許嘉珵走去買晚餐的路上，我非常努力說服自己不要對他意識過剩。

「妳爲什麼一直在喃喃自語？」

「啊？」我愣愣地抬頭。

「好像在說什麼幻覺不幻覺的。」許嘉珵滿臉疑惑。

「沒有啦，你聽錯了。」我傻笑帶過。

這樣並肩走著，就好像回到幾個月前，聖誕舞會後他陪我走回家的那個晚上。那時候我們沒什麼對話，我全程都覺得很尷尬、很想逃跑。

現在我們雖然也沒特別聊天，不曉得爲什麼，我卻沒有當時那麼不自在。

「許嘉……我是說，助教你……」

「可以不用叫我助教，我不介意。」

他這樣說，我反而沒辦法自然地再說一次他的名字了……

見我沒有接話，許嘉珵問：「妳本來要說什麼？」

「呃，我忘了。」

「奇怪的人。」

「什麼？」

「沒什麼。」

這樣一來一往，反而緩和了我剛剛莫名緊張的心情，我笑了出來，「我怎麼覺得你越來越常偷嗆我啊？」

「有嗎？」

「有，而且你是不是沒那麼恐女了？跟以前相比，感覺你變親切了耶。」

「可能是跟妳變熟了一點吧，而且就說了我不是恐……妳為什麼笑得這麼詭異？」

許嘉珵這句話讓我的笑容瞬間僵住。我心虛地捏了捏自己的臉，然而仍舊難掩高興，「因為你說跟我變熟了呀，我很開心！」

只要許嘉珵覺得不好意思，他總會慣性揉揉鼻子，就像現在這樣。

「你是不是又害羞了？」我笑得更開懷了。

「……不是。」

一起吃晚餐時，許嘉珵主動問了我吃播的事。

我滔滔不絕地向他介紹什麼是吃播、拍影片的過程，還有我從頻道上獲得的成就感。總覺得我心情特別好，可能是因為聊喜歡的事，也可能是因為他難得開啟話題，又專注地聽我分享。

以前我認爲許嘉理這種話少的冰塊男很無聊，比較喜歡陽光型的暖男，現在突然覺得我們這樣一動一靜的相處方式，好像也滿互補的。

如果，我是說如果，舞伴分析的結果其實很準呢？許嘉理會不會眞的就是那個最適合我的人？我們在一起，眞的有很高的幸福機率嗎？

「許嘉理，你相信機率嗎？」我輕聲問道。

「什麼意思？」他停下了吃東西的動作。

「你相信人與人之間，其實存在著到底適不適合的機率嗎？」我有點緊張，怕他覺得我的想法很可笑。

「機率只是機率，是妳的決定影響它的準確性，只要妳相信適合，自己就會盡全力將可能性擴大，所以並不是機率很準，而是妳讓它成眞了。」他一如往常地認眞回應我突如其來的疑問。

我似懂非懂，不過我眞正想問的其實是別的問題，「所以你相信嗎？」

靜默了好一陣子，他才回答：「我不相信。」

也是。聖誕舞會當天，許嘉理就跟我說過，他不相信傳說也不相信命運，這是我早就知道的事，但此時再次聽到他果斷的回答，我仍覺得有點失落。

我們之間的命定機率對他而言毫無意義，換言之，我的存在對他來說並沒有任何特別的涵義。

回家之後，我低落的心情還是久久揮之不去。

爲了轉移注意力，也爲了尋求一個方向，我打電話給沂青。

「沂青，我問妳喔。」我沒頭沒尾地扔出了一個問句，「如果對一個人很好奇，想要了解和他有關的每件事，這樣的心情有沒有可能變成喜歡呢？」

沂青久久不言，久到我都快以爲她對我莫名其妙的問題感到無語，不太想理我。

下一秒，她冷不防開口：「我想是吧。」

她難得沒說我又在胡思亂想，或是糾正我的想法。

「眞的嗎？妳都這麼說了，我眞的會相信妳喔。」

「至少我是這麼覺得的。」像是回過神似的，她話鋒一轉，「妳爲什麼這樣問？」

深吸了一口氣後，我說：「我覺得我好像有點在意許嘉珵。」

其實我不太好意思承認自己對許嘉珵有好感，畢竟幾個月前的我還在爲江閔晨意亂情迷，這樣聽起來我的心意很不定，可是在意與否又不是我能控制的。

如果好奇是一種喜歡的開端，若我試著再努力往前走一點，我和許嘉珵之間會有什麼改變嗎？

「余小微，妳看手機就看手機，爲什麼一臉形跡可疑的樣子？」

我轉過頭，正好對上慵懶地看著我的江閔晨。

今天又是一週一次，必須見到江閔晨的那堂通識課。

雖然自從上次到我家觀摩吃播的拍攝過程後，他不再用Only Eat的祕密威脅我幫他跑腿，我仍對他有所防備，就怕他又想了新方法來整我。

「不關你的事。」我趕緊遮住手機螢幕。

「許嘉理是誰？」

顯然我盯著自己和許嘉理的對話視窗發呆的樣子，他早就盡收眼底了。

「也不關你的事。」

他忽然拿出自己的手機按了按，過了幾秒突然問：「他就是妳的另一個舞伴？」

「你怎麼知道？」我驚愕地瞪大眼睛。

他將手機拿給我看，上面是他剛剛Google許嘉理的紀錄，一下就被他查出來許嘉理是我們會計系的研究生了。

「只不過查出他是會計系的研究生，你怎麼知道他就是我的舞伴？」我納悶道。

「妳說過另一個舞伴是系上助教啊，而且我只是隨便一猜，是妳的反應證實了我的猜測。」

我不服氣地糾正他，「不是另一個舞伴好嗎？他才是我的正牌舞伴。」

江閔晨挑了挑眉，正想說什麼時，突然被老師打斷，「倒數第二排那兩位同學，你們小組討論得很熱烈喔。」

老師的話音剛落，全班同學同時轉過頭看向我跟江閔晨。

儘管老師看起來和顏悅色，但我還是冷汗直冒。

不料，江閔晨居然揚起他招牌的陽光笑容，態度自如地對老師說：「老師，這堂課不就是要研究人際關係嗎？我們只是在把握時間了解對方，以利之後的合作。」

老師笑了笑，「那你們就分享一下剛剛交流出了什麼結果吧！一人說幾個對方的優點好了。」

我緊張地握緊雙拳，惡狠狠地瞪了江閔晨一眼，無聲責怪他。

「老師，我的組員有點害羞，我先說吧！我的組員看起來傻傻的，實際上也真的有點笨。」

他說出口的話，伴隨周遭隱隱約約的偷笑聲，讓我恨不得找個地洞鑽下去。

江閔晨已經欺負我上癮到在陌生人面前也不掩飾了嗎？氣死我了！

「然而單純也是她的優點，而且對於喜歡的事，她比誰都用心對待，默默付出很多努力。」說這些話時，他臉上仍掛著和煦的笑容，眼神也很眞摯，「我沒有什麼特別的興趣，所以很欣賞她認眞的態度。」

他……還在扮演校園王子的人設嗎？這次未免演得太完美了吧？眞誠到我幾乎都快相信他了，甚至還因爲被當眾誇獎而有點害羞。

「同學，不要藉機把妹啊。」老師笑著說，「這位女同學呢？妳的組員對妳評價很高呢。」

看著江閔晨，我不知道從何說起。

我究竟該描述那個大家都認識的江閔晨，還是眞實的江閔晨呢？腹黑、愛欺負人、有點抖S……這些應該都不能算優點吧?而且感覺講出來我會被他弄死。

「嗯……長得帥可以算優點嗎?」我猶豫了很久，講出來的話卻招來哄堂大笑，害我完全不敢看江閔晨。

「外貌當然也是優點。」老師看起來也在憋笑。

「其實我不是很了解他眞實的個性，畢竟對於長得好看的人，會先注意到他們的外貌是人之常情。」我覺得自己根本在胡言亂語，「但我認爲，笑得這麼溫暖的人，應該不會是什麼壞人吧?」

「看來你們這組是男生了解女生多一點啊。」老師很快就用結論塡補了我說完話後的空檔。

江閔晨又補充了一句，「現在知道我爲什麼說她有點笨又很單純了吧?」

教室裡瞬間再次塡滿了笑聲。

「沒關係，學期末我會再問問你們這組，經過一個學期的相處，有沒有不一樣的想法。既然這樣，我就隨機抽點幾個小組也來分享一下組員的優點吧!」幸好老師臨時修改了這堂課的流程，才讓剛才那一幕不會過於突兀。

下課鈴一響，我便迫不及待逃離此處。

「喂，等一下。」

結果還沒走出教室幾步，我就立刻被江閔晨攔截。

「幹麼啦!而且你可以不要每次都突然抓住我的帽子嗎?很容易跌倒欸。」

「抱歉。我有事想問妳，借一步說話吧？」

我沒預料到江閔晨會道歉因而有些發愣，然後就這樣被他拉著手腕帶到教學大樓旁的一片樹蔭下。

我突然感覺危險，「你你你……你想幹麼？」

「把剛才沒問完的話問完啊。」

「你要問什麼？」

「妳喜歡那個許嘉珵嗎？」

「你不要亂說！」我只是對他有點好感，我可沒承認自己喜歡上他了！

江閔晨臉色一沉，「余小微，妳為什麼變心得這麼快啊？妳幾個月前不是才跟我表白嗎？」

「呸呸呸！我只是約你一起去舞會，才沒有跟你表白！」我氣急敗壞地喊著。只要我沒對他說喜歡，我絕對不會承認那是表白！

「妳眼裡有別人這件事，讓我很不爽，感覺像是……自己養的小寵物跟別人跑了。」

小、小寵物？

我的血壓立刻飆高，衝著他吼道：「你這個……自戀的自大狂！什麼叫做我是你養的小寵物？我當初只是被你爽朗親和的形象騙了好嗎？知道眞相之後，我早就把你這傢伙拋到腦後了，你不要以為我還是那個呆呆地站著被你嘲笑的余依微！」

「妳們女生總喜歡偶像劇裡的暖男，現實中根本沒有王子，妳不覺得相信那種形象的人本身就很膚淺嗎？」他臉不紅氣不喘地狡辯。

「是你自己營造出那種假象，就不能怪別人喜歡你打造出來的王子形象！相信你、喜歡你，還要被你嘲笑膚淺？你根本沒有用眞面目示人，還要別人接納你的眞面目，你想得太美了吧？」

江閔晨一改輕鬆的態度，幽幽地對我說：「如果我說，只有妳看見的是毫無僞裝的我，妳會把目光放回我身上嗎？」

我沒來得及理解他的意思，他就換回平時的微笑。

「騙妳的。」

雖然江閔晨這麼說，我卻覺得這是他對我說過最眞實的一句話。

還沒能研究清楚我對許嘉理的感情，他又突然給我來這一齣，讓我的大腦幾乎變成一坨漿糊。

江閔晨到底在想什麼？我完全不懂，我不想再對他有任何自作多情的想法了！

可是那些話眞的會讓我以爲，他或許、可能、搞不好……對我有一點點好感。

每當我產生這樣的猜測時，他嘲笑我很好騙、說我又蠢又花痴的樣子就會浮現在腦海……就怕我再次會錯意，他又會馬上狠狠地笑我學不會教訓。

所以我很鴕鳥心態，打算將今天發生的事當作幻覺！

「小微，妳還沒好好跟我說妳和舞伴的發展呢！」

沒想到好不容易抽出時間跟我聚一聚的小曦學姊，最迫不及待想知道的竟然是許嘉珵的事。

正在喝飲料的我被嗆了一下，「咳咳、咳……哪有什麼發展啦！」

「妳之前不是說，他像白馬王子一樣及時出現，陪妳一起參加舞會了嗎？」

「我哪有說他像白馬王子？明明我說的是聖誕老公公。」

「唉唷，差不多的概念嘛。」她很著急地直搗重點，「所以呢？覺得他怎麼樣？有沒有心動的感覺？」

我猶豫了一下，還是將尚不明確的心意說了出來：「好啦我承認，從他陪我去舞會的那天起，我好像就開始對他有點好奇，也有點在意。」

學姊笑容滿面地握住我的手，「這樣不是很好嗎？妳可以試著跟他發展看看啊，數據分析出來的結果不會有錯！」

我愣了愣，「什麼意思？」

「妳之前只是沒跟他相處過，才會覺得他很難相處，但其實從一開始舞伴系統算出來的結果就沒有錯啊。只要你們有深入認識的機會，就會發現你們真的很適合！」

小曦學姊說的話，讓我一時之間不知道怎麼回應，似乎有點道理，又哪裡怪怪的，於是我將話題轉移到她身上，「學姊，妳跟阿駱學長也是這樣嗎？」

「我跟阿駱嗎？實際上我對他是一見鍾情呢！他既可靠又溫柔，一確定自己的心意，我就把握機會把他追到手啦！嘿嘿嘿。」一提到阿駱學長，她的眼神就很溫柔。

「沒想到居然是學姊倒追學長的。」

小曦學姊是那種看起來柔弱婉約、容易激起男人保護欲的女生，所以我一直以爲是阿駱學長先告白。

「我覺得女生主動一點，甚至是先告白都沒關係呀，重要的是把握機會，只要能跟喜歡的人在一起，哪一方先採取行動都無所謂吧。」

「那是因爲主動的是學姊啊，不會有男生想拒絕妳的，作爲女生的我都想跟妳在一起耶。」

「小微，妳對自己太沒自信了，妳明明這麼可愛，只要妳主動出擊，妳的舞伴絕對會被妳迷倒的！我對妳有信心，你們也一定能像我和阿駱有好結果，妳得相信自己！」

我只能用乾笑作爲回應。

小曦學姊的話總讓我很困惑，雖然我也想和許嘉理有進展，但如果是因爲舞伴分析的結果而有這些想法，就好像不那麼純粹了。

又或者，我的心意本來就不純粹呢？我到底是在意許嘉理這個人，還是我被舞伴系統影響，潛意識相信我們之間的機率，才對他產生好感？

「學姊，如果阿駱學長不是妳的舞伴，妳還會喜歡他嗎？」

小曦學姊愣了一下，「嗯……其實我沒有想過這個問題耶。」

看她正在思索的表情好像有點困擾，我趕忙對她說：「我就是隨口一問，妳不回答我也沒關係。」

「沒事啦。」她對我微笑，表示不介意，「我想，只要認識他，我很難不喜歡上他吧。」

我沒再繼續問，不過我其實有點好奇，阿駱學長的想法是否和小曦學姊一樣。

如果沒有舞伴系統作爲契機，他們兩人還會有機會成爲一對令我羨慕的愛侶嗎？

每當碰上和舞伴機率有關的事，我總是忍不住想去找我的專屬心理諮商師——姜祈，讓他來開導我。

儘管每次都是我單方面傾吐自己的煩惱，我對他一無所知的，我依然莫名地信任他，總覺得可以毫無負擔地跟他商量任何事。

走進學生會辦公室後，我沒見到姜祈的身影，舉目所見反而都是不認識的學生會成員。

「同學，妳有什麼事嗎？」其中一個看起來很精明幹練的女生主動問我。

「那個……我想找姜祈……學長。」最後兩個字是我臨時補上去的，在陌生人面前，還是要給他留一點面子。

「會長今天沒有值班，妳要不要直接聯繫他？」

「好，謝謝。」說完，我趕緊逃跑。

我怎麼就沒想到姜祈可能不在辦公室呢？好尷尬啊！難怪他上次會說不能每次都靠巧遇，世界上沒有這麼多恰巧。

我決定傳訊息跟他說一下，「我剛剛去學生會辦公室找你了。」

「啊，我今天不在辦公室。」他很快就回覆。

我被這猝不及防的秒讀秒回弄得不知所措，趕忙發送回應：「我知道，學生會的人跟我說了，不過我想說跟你講一下。」

下一秒，姜祈直接撥了語音電話給我。

「打字太麻煩了。」他簡短地解釋了通話的理由，「妳找我幹麼？」

「有太多想講的事了，我應該早點找你才對。」

姜祈突然笑了，「現在也不晚啊。」

後來，我和姜祈相約在一間咖啡廳，他說我負責表演，他負責買單。

雖然我對於「負責表演」這句話很不解，但買單兩個字倒是很令人愉悅，於是我很快就將疑惑拋諸腦後。

嚼著姜祈請客所以特別好吃的昂貴鬆餅，餘光瞥見他看我的眼神……怎麼就像在動物園看小動物進食一樣？

「所以妳想說什麼事？」

我張口欲言，話到了嘴邊又忽然改口：「對了，你之前不是說很想知道後續嗎？為什麼後來都沒有問我啊？」

「妳不也沒有提起嗎？我就想說算了，有機會碰到再問吧。」

「要是都沒碰到呢？」

「那就沒辦法了。」

我停下了吃鬆餅的動作，認眞地觀察他，「你是不是個性比較被動啊？」

「要我說的話，可能就是比較懶吧？」他聳聳肩。

我其實很難理解，為什麼對於有興趣的事不會想探究？如果是我的話，一定會想主動詢問。

見我只是盯著他看並沒有接話，姜祈再補了一句，「所以妳跟我聯繫的時候，我馬上就出現啦！妳不是都跟妳的舞伴去參加舞會了嗎？還有什麼好煩惱的？」

「咦？你怎麼知道？」我印象中沒跟他說過啊。

他笑了笑，「我可是學生會長。」

「唔……簡單來說，他在最後一刻出現，陪我參加舞會了。在那之後我們有了更多相處機會，然後我就越來越在意他，可是……」

「妳為什麼越說越小聲？」

「我害羞嘛！」我這段時間的所有糾結、心意上的變化，姜祈全都知道，這讓我感到彆扭，我怕他覺得我很善變。

我又跟他說了許嘉珵對於機率的看法，還有小曦學姊說的那些話。

「就連我自己都開始懷疑，我是不是受舞伴分析的結果影響，想著我們合適的機率很高，才對他有好感。」

姜祈一手托著臉，「所以呢？」

「因爲這種理由在意他或是喜歡他，這樣的感情很不純粹耶。」我怕他沒聽懂，又補充說明，「感覺我喜歡的只是『舞伴』，而不是他本身啊。」

「那又怎麼樣？在意就是在意，喜歡就是喜歡，純不純粹都沒關係啊。」

「你說得好簡單。」我不太滿意他的回答。

「本來就沒有那麼複雜啊。每種選擇都會產生不同的結果，妳的舞伴選擇陪妳去舞會，導致你們有機會相處，妳因此喜歡上他，聽起來很合理。」姜祈每次開導我時，臉上的自信笑意都會讓我莫名地想相信他，「所以妳也不用去想，要是舞伴是別人會怎樣，專注於現在做的選擇所導致的結果就好了。」

「意思是，如果我的舞伴是別人，他不一定會陪我去舞會嗎？」

「意思是，重要的是妳對他的感覺是什麼，不管是因何而起，那份喜歡都是眞的。」

「我還沒有眞的喜歡他上啦，現在只在有好感的階段。」我咕噥著。

姜祈笑著說：「這樣不就已經足夠了嗎？」

第五章

我不知道若是許嘉珵沒有出現在舞會現場，我還會不會對他有好感，但他出現了。我也不可能知道如果我的舞伴不是他，事情會發展成什麼樣子，所以我能做的只有專心面對自己現在的心意。

然而，我差點忘了有一個人根本不可能放過我。

江閔晨簡直就是我的剋星，專門製造煩惱給我。

「等等見一面吧，我知道妳三點下課，教學大樓旁的涼亭見。」

他話都說到這個分上了，我連「待會有事」的藉口都沒辦法用，只能抱著悲壯的心情，認命赴約。

抵達涼亭時，只見江閔晨站在一棵樹下，一手插著口袋，另一隻手正在滑手機。

「找我有什麼事嗎？」

他抬眼看我，彎眼一笑的樣子還是如此迷人。

「來啦？」

「不然你現在看到的是鬼嗎？」我沒好氣地回嘴，「你要說什麼就快點說，我不想跟你獨處太久。」

「爲什麼？」他歪著頭，看起來就像個純眞善良的少年。

「第一，因爲你找我十之八九都是爲了整我。第二，這裡人來人往，你又這麼顯眼，我不想因爲跟你站在一起被行注目禮。」

「嗯，那妳可以放心了，妳擔心的事只會發生一半。」他忽然朝我走近了一步，「我今天不是來整妳的。」

我往後退了一步，「什麼意思？」

「我回去想了一下。」江閔晨的笑容宛如初見時一般和煦。

我不自覺看呆了，直到他說了下一句話。

「小微，我好像喜歡上妳了耶。」

現在是下課時間，路過此處的人不少，聽見這麼直白的告白語句，大家紛紛看了過來，有幾個認得江閔晨的人甚至激動地倒抽了一口氣。

我感覺自己快暈過去了。不是因爲江閔晨突如其來的告白，而是因爲我快速地在腦中預演了一輪，接下來校園論壇上會如何流傳這則八卦。

驚慌之餘，我不加思索就衝上前，捂住他的嘴巴，「不，你沒有，你別亂說。」

「他們在告白嗎？那個男生好帥喔。」

「欸，那不是機械系的江閔晨嗎？」

「他就是江閔晨？」

「可是那個女生是誰啊？」

停下腳步的路人開始漸漸變多，見情況不對，我情急之下，一把拉住江閔晨，迅速逃跑！一直跑到某棟系館的角落，我才停下腳步，放開江閔晨的手，大口喘氣。

身後突然傳來江閔晨爽朗的笑聲，我扭頭瞪了他一眼，「笑屁啊！都是你害的！你好意思笑？」

「妳突然把我拉到隱密的角落，我還以爲妳要對我圖謀不軌呢。」

他居然還笑出眼淚來？

「就知道見到你一定都沒好事發生！我就不應該赴你的約！」

「我在跟妳告白耶，這怎麼不是好事？」

「你剛剛擺明就是隨口一說，哪有人告白會說『好像』喜歡上對方了？」我氣惱地說著，「還故意選在人那麼多的地方，不就是想看到我困窘的樣子嗎？」

江閔晨的笑容一僵，「我沒有故意選人多的地方啊，我不是都單獨找妳了嗎？」

「那裡離教學大樓這麼近，而且你是江閔晨欸！」

「江閔晨就不能告白了？」他挑了挑眉，不以爲然地反問我。

「也不是……但你跟誰告白都好，爲什麼是我？」

「因爲我喜歡妳啊，不跟妳告白我跟誰告白？」

他在短短十分鐘內第二次對我說喜歡，但我一點也不覺得高興，因爲我根本不相信他說的是眞的。

我直視著他的雙眼，「江閔晨，如果你不認眞對待自己的想法，沒有人會當眞的。」

「我很認眞啊，只是妳壓根就不相信我喜歡妳。」他聳聳肩。

「你看你每次對待我的方式，哪裡像對待喜歡的人？」我咬著唇，終究還是藏不住一直以來的委屈，甚至有點想哭，「而且我怎麼敢再相信你？你忘了我邀請你去舞會的時候，你是怎麼說的嗎？那時候，我是眞的相信你可能對我……是有那麼一點點好感。」

我雖然不怎麼機靈，可我沒有笨到會在一個人身上栽兩次。

江閔晨的臉上掛著他招牌的爽朗微笑，步步逼近我，讓我只想逃跑。

「余小微。」他似乎看出了我的意圖，伸出手壁咚，把我困在他的臂彎之間，「我就是喜歡欺負我喜歡的女生，這樣妳還不懂嗎？」

我整張臉都在發燙，側過頭不敢看他，「懂個屁！你這種惡趣味我哪懂。」

「雖然我不想承認，但這就說明了，我從一開始就覺得妳滿可愛的。」

我有些詫異地望向他，卻在對到眼的瞬間別過頭，不想和他對視。

「你……你又在騙我對不對？只要我相信你了，你馬上就會——」

江閔晨突然伸出雙手捧著我的臉，強制把我的臉轉向他。

「你你你！你放開我喔！你要是敢亂來，我一定會扁你喔！」我腦中的警報大聲響起。

「我沒有要亂來，妳偶像劇看多了吧？」他嘴角勾起一抹嘲弄的笑。

「那、那你要幹麼？不管怎樣，你先放開我！」

「我把話說清楚就放開，否則妳根本不會好好聽。」

維持現在這個曖昧的姿勢我要怎麼好好聽啦？我在心中默默吐槽。

「我原本只是覺得妳很笨，鬧妳特別有趣，跟妳相處時我也最自在開心。」

因爲距離過於靠近，所以我能清楚地感受到江閔晨的態度有多認眞。

「後來發現妳的注意力開始放到別的男人身上，讓我感到很不爽，我才確定自己是喜歡妳的。」

所以我的猜測並不是錯覺嗎？

「妳說我根本沒用眞面目示人，別人怎麼可能接納我的眞面目，我想告訴妳，我不需要別人接納我，因爲我只想讓妳看見我最眞實的一面。」

我又不爭氣地臉紅了。

「怕妳太笨聽不懂，所以我再說一次，這次不是整妳也不是騙妳，是眞眞切切的告白。」江閔晨揚著一抹明亮的笑容對我說：「余依微，我喜歡妳。」

我眨著眼，呆愣愣地看著江閔晨。

他伸出手在我眼前揮了揮，「還是要我親妳一下，妳才肯相信我？」

聽到這句話，我一把推開他，又羞又惱地喊道：「你不要以爲長得帥就可以爲所欲爲喔！漫畫裡男主角強吻人的情節，放在現實就是性騷擾！」

結果江閔晨完全搞錯重點，對著我燦笑，「原來妳覺得我長得帥啊。」

忍耐，我要忍耐，不能爲了他這種人犯下傷害罪鋃鐺入獄。

「所以呢？妳到底聽懂我說的話沒有？」

「聽懂了、聽懂了。」我很敷衍地回答，「聽懂了不代表我相信你了！」

他沉思了幾秒後說道：「從今天開始我會認眞追求妳，妳之後可以慢慢考慮。」

「等等！什麼追求？我要考慮什麼？」

「就是追妳啊，不是妳跑我追的追，雖然有時候也可能會那樣啦，但——」他簡直把我當蠢蛋看待，居然開始解釋起追求的定義。

「我才沒有那麼笨好嗎？」我打斷他的話，「我的意思是，你追我幹麼？」

「讓妳相信我眞的喜歡妳，也讓妳有時間思考一下告白的回覆。」

我想都沒想，馬上說：「不，我不用思考，現在就能——唔唔唔！」

江閔晨突然捂住我的嘴，「余小微，當場拒絕別人的告白是很沒禮貌的事。」

「你之前還不是——」我掙脫他的手，正打算回嘴，卻忽然想起我明明不承認當時邀他去舞會算是告白，所以我現在絕對不能說溜嘴，否則就自打嘴巴了，「我知道了，那我過陣子再拒絕你就好了。」

他笑容滿面地接招，「我只要讓妳不想拒絕不就好了？」

爲什麼江閔晨的追求宣言，比起臉紅心跳，更讓我覺得毛骨悚然啊？

沒過多久，我的直覺馬上就驗證了。

「小微，拜託妳啦，這是我一生唯一一次的請求！求妳了！」我們班負責安排聯誼活動的公關突然跑來找我，拜託我後天一起參加一場聯誼。

「不是我不想幫忙，而是這件事眞的有點難度。」我汗顏，總覺得她說的這句話有點熟悉。

沂青在一旁幽幽地對我說：「是不是覺得很耳熟？妳很常跟我說這種話。」

「我很抱歉，我會好好反省。」

參加聯誼原本也不是什麼爲難的事，不過問題是……

「機械系那邊說，妳參加他們才願意跟我們班聯誼。妳也知道，想跟他們班聯誼的班級都不知道排去哪了。我很久之前就問過了，一直到最近他們才突然給出答覆，這是好不容易才有的機會。求求妳啦，小微！」公關雙手合十，誠摯地拜託我。

我一聽就知道，這一定和江閔晨脫不了關係。除了他，我根本就不認識其他機械系的人，我也不是什麼校花、系花，沒道理他們得指名我參加聯誼。

「他們不是要先審核參加的女生的照片嗎？這種聯誼我不想去。」我隨便找了個藉口搪塞。

「不用！他們說只要妳去就可以了。」

「我也很想幫妳，可這場鴻門宴……我是說這場聯誼我眞的不能去。」沒道理得知對方設了局，我還傻傻地走進去吧？

沒想到她直接握住了我的手，看起來快哭了，「只要妳答應我，我可以請妳吃飯、請妳喝飲料，不對，要我做什麼都可以！」

「不不不，『做什麼都可以』這句話不能亂說啦。」她都求我到這個分上了，我還拒絕是不是很壞？

我轉過頭朝沂青投去求救的眼神，她卻很沒良心地視而不見。哼，就算今天我要去送死，也得拖一個人下水！

我擠出一抹溫柔的微笑，「這樣吧！如果沂青去，我就去。」

話音剛落，果然公關就去纏著沂青了。

然而，道高一尺，魔高一丈，沂青對我微微一笑，「既然小微想要我陪她，那我就恭敬不如從命吧。」

我忽然覺得我真的誤交損友了……

前往聯誼的路上，我不斷朝沂青發送怨念光波。

「別看我，是妳自己不知道該怎麼拒絕。」

「那妳應該跟我站在同一陣線啊！妳明明知道江閔晨才剛跟我表白，這場聯誼他絕對目的不純！」

「所以我才更不能錯過這齣精彩大戲。」察覺到自己說溜嘴，她才改口：「我的意思是，這件事正好可以教會妳，不能期待別人會幫妳說出妳真正想說的話。」

「前面那句才是妳的真心話吧？」我有些無言以對。

當我們抵達時，有半數的人早已到場，仔細一看提早到的人大多是我們班的女生。嘖嘖，這麼不矜持一定會被機械系那些臭男生給看扁。

「沂青，妳過來抽一下座位吧。」我們班公關在門口招呼著。

我突然感覺被排擠了，「我呢？」

「啊，小微，妳的座位已經排好了。」

「爲什麼只有我先被排好位子？」我感到很困惑。

「我也不知道欸，機械系那邊指定的。」她湊到我耳邊小聲地對我說：「其實我想問很久了，機械系是不是有人在追妳啊？」

聞言，我只能乾笑。

「妳不是說只要我來，妳什麼都可以答應我嗎？我想跟沂青坐一起。」我靈機一動，試圖做點無用的掙扎。

「好吧。」

這場聯誼包下了餐廳的一角，預留了兩張併在一起的長桌，男女面對面各坐一排。

「那個女生不是隔壁班的嗎？我以爲這次聯誼是班對班欸。」一坐下來，我悄聲問了沂青。

這次聯誼的參與者，應該是機械系江閔晨他們班的男生和我們班的女生，我卻看見了幾個會計系另外兩個班級的女同學。

「聽公關說，因爲一邊只有二十個參加名額，除了她和我們兩個，其他人都要用抽籤的。隔壁班就有幾個女生來拜託我們班抽到的人讓出參加機會，聽說還有人出錢買名額。」

「會不會太誇張了啊？機械系的男生到底多帥？」花錢買聯誼的參加名額？她們怎麼不乾脆開競標大會算了。

「八成都是衝著江閔晨來的吧，妳還是皮繃緊點。」

「我現在後悔是不是來不及了？」我突然想回家了。

「是。」

沂青的話音剛落，門口就傳來一陣鼓譟，一群男生浩浩蕩蕩地走進店裡，其中當然少不了江閔晨。他們嘻鬧的聲音，在我聽來簡直就像是格鬥擂台即將開打的倒數聲。

「妳握拳幹麼？」沂青狐疑地問我。

「呃，防身？」

我暗自祈禱機械系的男生們不要太高調，然而我還是太高估他們的情商了。

「誰是余依微啊？」聽到這句話，我不禁顫抖了一下。

沂青故意用只有我能聽見的音量嘀咕：「叫妳呢。」

「我今天不想當余依微。」我還在垂死掙扎。

我們班公關殷勤地走了過來，雙手放在我的肩上，「這裡！這裡！」

只見江閔晨揚起愉悅的笑容，走到我正對面的位子坐了下來。

「嗨，小微。」

我發誓，他的眼裡正透著只有我能看出來的狡黠，我甚至彷彿能聽見格鬥比賽開始的「叮叮」聲響起。

「你們本來就認識了嗎？」坐在沂青旁邊的女孩出聲問。

「不認識！」

「認識啊。」

我和江閔晨同時給出截然不同的回答。

沒想到這時，機械系的公關突然說：「妳是害羞才不好意思承認的嗎？如果眞的不認識，江閔晨怎麼會爲了妳答應參加聯誼啦？哈哈哈。」

哈你個頭！拜託誰來給我一根繩子，讓我把自己吊死吧。

「你們一群人站在這，是在罰站嗎？」出聲拯救我的人是沂青。

我們班公關也適時打圓場，「大家先坐下吧，等等還有很多時間可以慢慢聊呀。」

但很顯然的，全場的焦點都已經放在我跟江閔晨身上了，無論是機械系還是會計系的人都有意無意地關注我們兩個。

我努力保持鎮定，盡可能營造我跟江閔晨不熟的感覺，想瞪他都得忍著。

看菜單時，我的手機螢幕亮了，我看了一眼，是江閔晨傳來的訊息：「妳今天不拍影片了？」

我幾乎是咬牙切齒地回覆：「托你的福，拍不了！你到底爲什麼要指名我參加聯誼？」

「因爲想見妳啊。」

他回傳的訊息讓我羞憤交加，忍不住瞪了他一眼。

他回以一抹燦笑，接著低頭又傳了一句，「嚴格來說不是我指名，是我們班公關一直拜託我參加聯誼，我就隨口說如果是跟妳們班，而且妳有去的話，我就去。」

「你不想參加就不要參加，拖我下水幹麼？」

「我確實不想參加聯誼，但是我想見妳啊。」

這人到底有多不害臊？他覺得告白之後說什麼都可以了嗎？

「可是我不想見你。」

「抓到了，來聯誼還在手機上傳情！」坐在江閔晨隔壁的男生忽然搭上他的肩，一副抓姦成功的樣子。

這話一說出口，本來就在偷瞄我和江閔晨的人，統統明目張膽地望了過來。

「你們就老實說吧，是不是早就偷偷在一起了？如果是，你們幹麼還來參加聯誼？」

「搞不好只是在曖昧階段啊，你這樣戳破，江閔晨多尷尬。」

聽著機械系幾個男生你一言、我一句的調侃，我忍不住皺眉。

不是因爲自己變成焦點而不開心，儘管那也不是一件讓人開心的事，不過比起那些對於我跟江閔晨關係的猜測，我更不喜歡這幾個人說話的方式。

連我這個不怎麼機靈的人都看得出來，他們既希望能用江閔晨作爲吸引別系女生跟他們班聯誼的賣點，又不是很喜歡江閔晨總是將焦點搶走，因此一發現可能降低他的身價的事就見獵心喜。

「我們沒有在一起，也沒有在搞曖昧。」我沉著臉，冷冷地回應，卻好像被他們當成是害羞的表現。

「沒事啦，同學妳不要害羞，你們繼續，反正今天本來就是聯誼嘛！」

「沒有在一起也沒有在曖昧？那爲什麼剛剛他們公關說江閔晨是爲了妳參加聯誼的？」沂青隔壁的女生臉有點臭，看來她是衝著江閔晨才來參加這場聯誼。

奇怪，妳能爲了他來參加聯誼，他就不能爲了我來參加嗎？

我還沒來得及想好怎麼回應，江閔晨搶先一步開口：「因爲我正在追她啊。」

在場半數的女生瞬間同時倒抽了一口氣。

「你……追她？」那個女生很失禮地脫口而出。

怎樣？我的長相不符合妳對正妹的定義，江閔晨就不能追我嗎？而且撇開外表，他就不能喜歡我的內在嗎？

「江閔晨你還需要追人？」這次失禮的人換成某個機械系的男生。

長得帥、長得美的人確實是比較吃得開，但不代表每個人都要無條件答應他們的告白，甚至投懷送抱吧？

我偷看了身旁的沂青一眼，她滿臉寫著不耐煩，想必腦中想的事跟我一模一樣。

「對啊，我喜歡她，不過她不喜歡我，所以我在追她，這很奇怪嗎？」

江閔晨的笑容依然爽朗，可我覺得他根本不是眞心在笑。我現在好像漸漸能讀懂，當他這麼笑的時候，並不是眞正的他，他只是習慣戴著隨和開朗的面具。

似乎意識到氣氛漸漸變得怪異，兩位公關跳出來主持聯誼流程，催促大家趕快點餐。我其實已經沒有繼續待下去的心情了，只是出於禮貌不好表現出來。

「想走嗎？」對面突然傳來江閔晨的詢問聲。

我掩著嘴小聲回答：「你覺得現在走得了嗎？」

「妳想走我就帶妳走啊，管他走不走得了。」

我感覺那個只有我知道的江閔晨又回來了，我頓時失了神。

江閔晨起身將我從座位上拉起，換上了完美的微笑，「我方才可能太衝動了，想跟她好好道個歉，也還給大家自在一點的氣氛，所以我們就先走了。」

我慌張地看向沂青，她卻很淡定地用眼神示意我，她不介意。

男生們對於容易掩蓋他們光芒的江閔晨要先走自然樂見其成，至於衝著江閔晨而來的女生們，早在聽到他在追我的消息時就覺得沒什麼意思了，當然也不介意我們提早離席。

「喔，好啦，你很不夠意思耶，見到喜歡的女生就要帶著人家離開。」機械系的公關意思意思念了他幾句。

「抱歉啦，下次再請你吃飯。」江閔晨嘴上這麼說，臉上卻沒有一點歉意。

我安分地任由江閔晨拉著我的手腕，帶我走出餐廳，直到過了一個街口才抽開手。

「到這裡就可以了吧？」

「什麼可以？」

「你不是要道歉嗎？」

他噗哧一笑，「那當然是隨便找的藉口，我要爲了什麼事道歉？」

我瞪大雙眼，「你以後可以不要再這麼高調了嗎？你這種態度會讓別人覺得我不知好歹，我很困擾。」

「不可以。」江閔晨連猶豫一秒都沒有，一副理所當然的樣子，「如果妳因爲困擾，不知道怎麼拒絕或是不好意思拒絕，而答應我的告白，那不是很好嗎？」

我完全搞不懂他的腦迴路，「你不是說你喜歡我嗎？看到喜歡的人困擾很有趣嗎？」

他居然很幼稚地回答我：「我是喜歡妳啊，但就是因爲喜歡妳，所以也喜歡欺負妳。」

我臉色一沉，扭頭走人。畢竟他這種劣根性一時半會不可能改得了，我還不如戰術性撤退。

「妳去哪？」他跟過來問。

「回家，順便準備跑路。」

「跑路？」

「你今天搞這一齣，明天全大一的人都會知道你在追我了！」我沒好氣地瞪著他，「我不趕快跑路，難道要等你的粉絲來追殺我嗎？」

聞言，他笑了，「小微，妳果然很有趣。」

「你！不准再跟著我了，再見！」我作勢要揍他，沒想到這次他居然很聽話地停下了腳步。

我往前走沒幾步，身後傳來江閔晨討人厭的聲音，「需要我送妳回家嗎？」

「滾！」我頭也沒回地吼道。

隔天，剛走進教室，總覺得同學們從頭到腳把我打量了一遍，看得我渾身不自在，忍不住將戴在頭上的棒球帽往下壓了壓。

我才剛坐下，李晟凱就出聲調侃：「小微，妳紅了。」

「有多紅？」我無力地趴在桌上。

「跟我同社團的同學全都來問我認不認識妳，妳說這樣有多紅？」

「還眞是謝謝大家的愛戴啊。」我側過頭看向沂青，「昨天後來怎麼樣了？」

「不怎麼樣，就是妳能想像到的聯誼流程跟活動內容。」

「抱歉啊，昨天放妳一個人就先走了。」雖然是江閔晨硬拉著我走的，但不管怎樣還是對她不太好意思。

她向我投以一抹了然於心的微笑，「沒事，那種氛圍妳先走反而比較好。」

「怎麼？昨天的聯誼很糟嗎？」李晟凱湊了過來，試圖加入我們的話題。

「可能是我想太多吧，我感覺不是很好。」我邊回想昨天的場景邊說道：「江閔晨是很帥沒錯，可就因爲我不是校花、系花級的女神，我就配不上他的喜歡嗎？還有機械系某些男生也是，一副『爽喔，江閔晨名草有主，這樣我們才有機會』的樣子，這麼不想他去參加聯誼，幹麼還要找他去？」

「妳別理他們，光是聯誼還要先審核照片，我就覺得他們很有事了。」沂青滿臉不屑。

「不是只有女人會勾心鬥角，男人之間也會相互比較，有些人的心態就比較糟一點，別放在心上了。」李晟凱平靜地說著，接著話鋒一轉，「不過，接下來應該會有更多人關注小微，畢竟流言才剛開始發酵，妳先做好心理準備。」

我就是知道會發生這件事，今天才會戴帽子，想盡可能降低自己的存在感。

見我沉默不語，他又問：「妳怎麼這麼淡定？平常妳應該會哇哇大叫啊。」

「我這是哀莫大於心死，面對它，接受它，放下它。」

「接受江閔晨嗎？」

「才不是！」一聽到這個名字我就來氣，「但他倒是提醒了我一件重要的事。」

「什麼？」

「我得在流言蜚語毀我清白前，爲自己的戀情努力一把。」

條件這麼好的江閔晨都得從告白、追求開始了，憑什麼我不主動一點，努力靠近自己喜歡的人？不對，還不是喜歡的人，是很在意的人。

思及此，我馬上構思了一連串獵捕許嘉琞的計畫。

第一步就是跑去對他說：「助教，你看看我上次的初會小考，是不是考得很不理想啊？」

「班平均七十五分，妳考八十分，還行吧？」

「不是還有二十分的進步空間嗎？作為助教你是不是應該好好輔導我一下？」

許嘉珵抬頭瞥了我一眼，「妳錯的題目都搞懂了嗎？」

「不是這種輔導！」激動之餘，我不小心拍了一下桌子，而後只好心虛地順了順自己的頭髮裝沒事，「我是說，要是下次小考我能進步的話，是不是可以給我一點獎勵，作爲念書的動力呢？」

他明顯愣了一下，讓我有點害怕他會聽出這段話裡的暗示，不過又有點希望他能夠察覺，如果察覺之後還能答應我就好了。

我緊緊盯著像是在沉思的許嘉珵，試著猜測他在想什麼。

不知道過了多久，他忽然說：「怎麼樣算進步？」

「欸？」

「不是說妳進步就給妳獎勵嗎？那進步的定義是？」

我不禁綻開笑顏，「你答應了？八十五分可以嗎？」

他好不容易才答應了，要是定太高的標準，我沒達成，導致計畫失敗怎麼辦？

「進步五分也算進步？」他挑了挑眉。

「當然！」我理直氣壯地說著，「你看，一個大題十分，八十五分代表我只能錯一題半欸。」

「九十分。」

「不要這樣嘛。」

「還要不要獎勵？」

嗚，我怎麼覺得許嘉珵現在沒那麼好糊弄了？

然而我就是激不得的類型，好不容易看到一絲能讓計畫順利進行的曙光，沒道理不緊緊抓住機會。而且認眞念書還有個好處，就是可以理所當然地窩在家裡，躲避江閔晨替我製造出來的麻煩和多餘的關注。

兩週後的初會小考，我順利考到九十分。

公布成績當天，我收到許嘉珵主動傳來的訊息：「所以妳要什麼獎勵？」

他主動提起我們的約定，讓我很開心。

「週末陪我去看電影吧！」怕這樣的邀約會嚇跑他，我趕緊補了一句解釋，「有一部我一直很想看的電影，但我朋友們都沒興趣，我又不想自己去看。」

他沒有多說什麼，只是回覆我：「好。」

約好一起看電影當天，我沒覺得緊張，不過出門前，我還是費了點心思打扮，杏色洋裝搭上薄羊毛開衫外套和短靴——是我喜歡的日系風格穿搭。我已經盡量打扮得隨性一點了，可要見一個很有好感的異性，不免還是想讓自己看起來美美的。

經過了一段時間，公車抵達我該下車的站。

即將走到電影院售票處前，我遠遠就看見站在某塊看板旁的許嘉理。

「哈囉，你等很久了嗎？」剛說完我就後悔了，這什麼老套的打招呼方式啊。

「沒有，我習慣早點到。」

許嘉理今天的打扮跟平時差不多，長袖襯衫外面是上次舞會後借給我的外套，看得我有點害羞，想起我們曾經共穿一件外套……天啊，我好變態。

當我還沉浸在自我嫌棄的情緒時，他突然說：「我已經買好票了，剛才有傳訊息問妳想坐哪，妳沒回，我就選了倒數第三排中間的位子，不介意吧？」

「啊？抱歉，我剛剛沒怎麼看手機。」那時候我可能正好在公車上瘋狂整理儀容吧，「沒關係，我喜歡坐後面一點。票多少錢啊？我現在給你吧。」

「不用了，不是說好是獎勵嗎？」許嘉理的唇角勾起一個不明顯的弧度。

我彎起眼睛，笑著說：「你剛剛笑了。」

「我沒有。」他收起微笑。

「你有。我能當作你的心情跟我一樣好，所以才笑的嗎？」

我以為他又要顧左右而言他，或是技術性轉移話題，沒想到他卻說：「隨妳高興。」

怎麼辦？我好像有點過於高興了，不枉我這段時間卯起來準備小考。

「對了，因為是臨時買的票，只有買到後面的場次，我們要先去附近晃晃嗎？」他側過頭跟我說話時，撞見了笑容滿面的我，頓時愣住了。

「好、好啊。」我稍稍斂起過於張揚的笑臉，「對了，我們去買飲料吧。」

我隨便指了一家飲料店，試圖在氣氛變怪之前救場。

沒想到一轉身，居然看見了很眼熟、但我從沒想過會同時出現的兩個人——沂青和阿駱學長。他們有說有笑地並肩走往商店街。

奇怪？我從來沒聽說沂青和阿駱學長認識啊。爲什麼他們會同時出現，還單獨走在一起？兩人看起來似乎很熟悉……

「妳在看什麼？」許嘉珵疑惑地望著愣住的我。

「我剛剛好像看到我朋友了。」

「然後呢？」

「她跟我學姊的男朋友走在一起，感覺他們很熟，但我從沒聽說過他們認識啊。這是不是代表……我……」震驚和困惑讓我開始語無倫次。

「妳先冷靜點，搞不好是妳看錯了，就算是眞的也應該先問妳朋友，不用擅自做假設嚇自己。」許嘉珵語氣冷靜且堅定。

我點點頭，他說得對，我這樣瞎猜只是嚇自己，沒有任何幫助。想知道這是怎麼回事，只能之後再問沂青了。

「妳不是想喝飲料嗎？走吧。」

看著走在前頭的許嘉珵，我心底湧現一股想要觸碰他的衝動。

爲什麼我突然覺得，無論他說什麼我都願意相信，不管他帶我走往什麼方向，我都願意跟著他呢？

抱持著這種想法的我，又怎麼能說自己還沒眞正喜歡上許嘉理呢？

或許我之前只是嘴硬不願意承認，其實打從我想更靠近他開始，我對他的感覺早就從好感晉升成喜歡了。

我想，現在的我能夠誠實地面對自己的感覺了——我喜歡許嘉理。

買好飲料後，我們找了一處有椅子可坐的地方消磨時間。

坐在許嘉理身旁，少了平時將我們隔開的桌子，總覺得莫名令人害羞，但畢竟難得和他出遊，我想好好珍惜一起共度的每分每秒，於是主動開了話題：「我可不可以問你一些問題啊？」

「嗯。」

話是這麼說，然而我對他有太多好奇的事了，一時也不曉得該從哪裡開始問起。

「你喜歡吃什麼？」結果脫口而出的，還是跟吃有關的話題，這難道是職業病嗎？

「我對吃沒什麼特別的執著，好像都還行。」

我對這個回答不太滿意，又問了一句：「那你討厭吃什麼東西？」

他沉思了一會，表情很認眞地回答：「紅蘿蔔。」

原來許嘉理會挑食啊，光是想到他把紅蘿蔔撥到盤子一角的畫面，我就忍不住笑了出來。

「笑什麼？」他的眉頭緊蹙。

「沒有啦，覺得你很可愛……」看見他有些驚慌的眼神，我才意識到自己好像說錯話了，「我、我很喜歡吃紅蘿蔔喔！很多人討厭的三色豆我也敢吃，厲害吧？哈哈哈。」

沒想到許嘉珵居然接了話：「滿厲害的，對於我這種討厭三色豆的人來說。」我感激地朝他投以微笑，對上眼的瞬間，我們又同時別開頭。儘管氣氛被我弄得略顯尷尬，仍有一絲甜蜜在我心底發酵，甚至抑制不住因此上揚的嘴角。

「那妳呢？」明明是對我說話，他的視線卻看著地板，似乎還沒從剛才的尷尬中緩過來。

「嗯？」

「妳喜歡吃什麼？討厭吃什麼？」

「我喜歡吃……太多了，選不出來欸。至於討厭的東西，我不敢吃洋蔥。」他居然主動反問我，讓我很是欣喜。

「洋蔥？我倒是滿喜歡吃的。」他的臉上帶著淺淺的笑意。

「眞的嗎？我們很適合一起吃飯耶，這樣就可以把不喜歡吃的東西推給對方了。」我們果然很互補啊。

當我還在爲我們之間的契合度沾沾自喜時，忽而聽見身邊傳來他的輕笑聲，「這麼理所當然地挑食不太好吧？」

我看呆了，沒料到他竟會在我面前這麼放鬆地笑著。

「怎麼了？」可能是被我看得有點難為情，許嘉理的耳根漸漸染上了淡淡的紅。

「你再笑一次好不好？」

「什麼？」

「你很少對我笑耶，好想拍下來。」

聞言，他更害羞了，甚至伸出手橫在我們之間，想擋住我的視線。

我突然想逗逗他，故意探頭探腦地越過他的手，甚至指著他的耳朵，「你耳朵都紅了！是不是害羞了？」

「別鬧。」他邊說邊握住我的手腕，想制止我。

那瞬間，彷彿有一道電流從許嘉理觸碰的地方傳遞到我的心尖，酥酥麻麻的。

「抱歉。」

雖然他馬上就放開手了，然而我手腕處他留下的餘溫卻久久無法散去。

「我——」

「阿理？」一道好聽的女聲從我身後傳來，突兀地打斷我們方才曖昧的氛圍。

在我轉過頭之前，我清晰地捕捉到許嘉理僵住的表情。

出聲的人是一個長得很漂亮的女生，五官很深邃，有點混血美女的感覺。

她微微一笑，「阿理，好久不見。」

許嘉理的臉色沉了下來，眼神逐漸變得冷漠。

她是誰？為什麼會這麼親密地叫他「阿理」呢？

瞧見許嘉珵的表情，她仍毫不氣餒地揚著親切的微笑，走到我們面前，「你最近還好嗎？我前陣子有傳簡訊給你，一直沒收到回覆，也不曉得你是不是換手機號碼了。」

「沒什麼事的話，妳不需要特別聯繫我。」他站起身，退開了幾步，像是想跟她保持距離。

許嘉珵的反應讓我對於他們之間的關係更好奇了，他可以說是一點情面都沒留給這個女生。

「阿珵，我——」她倏地拉住許嘉珵的手，卻立刻被他甩開。

我被這個陌生的許嘉珵嚇了一跳，不知所措地看著他們兩人。

「我跟妳無話可說。」許嘉珵扔下這句話後，便回頭對我說：「余依微，我們走吧。」

我愣愣地跟上他的腳步，可又忍不住看了那個女生幾眼，她的眼眶中全是淚。

我們往前走沒幾步，就聽見後方傳來那個女生語氣堅定的聲音：「阿珵，我之後會去找你，不管你願不願意聽，我都想把話講清楚。」

許嘉珵並沒有因此停下腳步，不過我看得出來，他的眼神在那一剎那動搖了。

後來那場電影，我滿腦子都在回放剛剛那一幕，不斷猜測他們是什麼關係？許嘉珵的心情很明顯被那個女生影響，之後都沒怎麼笑了，看起來總是很嚴肅。

想想有點生氣，那個女生當我不存在嗎？不管她跟「阿珵」有多熟，今天他身邊有另一個女生欸！出於禮貌也應該適可而止吧？

不解加上不爽，讓我忍不住在回家的路上，直接向許嘉珵拋出了我的疑問：「剛剛那個女生是誰啊？」

他看起來不是很想說的樣子，沉默了數秒後，還是替我解答了疑惑：「前女友。」

我吃驚地抬頭看他，赫然想起自己從來沒問過他現在有沒有女朋友。但如果他有女友，不應該單獨跟我出來看電影吧？可是按照這個說法，沂青今天跟阿駱學長走在一起又是什麼情況？

腦子一團亂，我下意識就開口：「你現在有女朋友嗎？」

我眞的遲早會被嘴巴動得比腦袋快的壞習慣給害死。

「沒有。」許嘉珵側過頭望了我一眼，面不改色地回答。

我很想問他，難道他不想知道我爲什麼這麼問嗎？可是我不敢。再怎麼笨，我也懂現在不是對他訴說情感的好時機，不管他有沒有察覺，只要不說出口，我們都能繼續假裝不知道。

「我可以問你和前女友的故事嗎？」我只能轉而詢問另一件我也很想了解的事，企圖掩飾剛剛那個問句背後的涵義，「爲什麼感覺你對她很反感？」

這一次，他沉默更久，久到我有點猶豫是不是應該換個話題，然而又不甘心錯過這個能了解許嘉珵過去的機會。

「妳不需要知道這麼詳細。」許嘉珵的語氣十分疏遠，讓我很受傷。

我還以爲我們之間的距離已經拉近了一些，以爲今天過後我們能有更近一步的可能，但那個女生的出現卻讓他後退了一大步。

我們就這麼沉默地抵達我家樓下。

「許嘉理。」在許嘉理離去之前，我叫住他。

他沒有應聲，只是安靜地注視著我。

「我眞的很想了解你，也想再靠近你一點。你要是不討厭我的話，希望你可以不要推開我。」說完後，我才後知後覺地感到不好意思，「我、我先回家了，今天謝謝你！下禮拜見！」

一路奔上樓，倚靠在家門邊，撫著胸口喘氣，我才發覺自己的心跳有多快。

我有點後悔，方才沒有仔細看許嘉理的表情就直接逃跑。

我好想知道聽完那些話，他心裡是怎麼想的，卻又好害怕知道。

煩惱了好久，我依舊很在意那個女生，也很在意爲什麼許嘉理對她的態度這麼冷漠，更在意她到底想跟他說什麼。然而從許嘉理昨天的防衛姿態來看，如果我太直接地問他，可能只會造成反效果。

迷茫之餘，我決定先找沂青從長計議，更重要的是，也要問清楚我昨天所見的畫面是怎麼一回事。

我買了幾罐氣泡酒和炸物去按響了沂青家的電鈴。

她打開門後，瞥了眼我手上的食物，有些困惑：「週一晚上喝酒？」

「久違的姊妹談心時間。」我對她燦笑。

感覺好久沒來沂青家……我是不是過於沉浸在自己的事，太久沒關心她，才會連她跟阿駱學長認識都不知道？

「妳突然跑來，我還以爲妳要改拍雙人宵夜吃播了呢。」沂青打趣地說道，看起來心情滿好的，「所以發生什麼事了？這麼難得破戒吃宵夜。」

我盤算著先喝點小酒，在放鬆一點的氣氛下問她阿駱學長的事，因此決定先把昨天和許嘉理遇到他前女友的事告訴她，並聽聽她的意見。

「估計是分手分得不太愉快吧？兩個人之間的過往，不想告訴外人也無可厚非。」她很快就給出結論。

「妳這樣說我很傷心欸，爲什麼我是外人？」

「那個女生好歹是前女友，妳又不是許嘉理的誰，不是外人是什麼？」

我撇撇嘴，有點不開心地反駁：「前女友只不過是過去式而已，我跟許嘉理更有發展的可能吧？」

「誰說前女友不能復合的？」

「喂！」我氣得輕輕地拍了一下她的手背，「妳到底站在誰那邊啊？」

「好啦好啦，當然是站在妳這邊啊。」沂青笑著安撫我。

「那妳幫我想想該怎麼辦嘛。」

「嗯……妳有兩個選項。第一，打破砂鍋問到底，如果他願意告訴妳，就代表他對妳應該是有好感的，風險是他也可能會更牴觸妳問他這件事；第二，把妳的好奇心先收好，慢慢培養感情後再丟球試探他，維持現狀也不是什麼壞事。」

「如果是妳，妳會怎麼選？」我反問她。

「要是我的話，應該會選第二個選項。」沂青單手托腮，像是在沉思，「如果現在的狀態已經很美好了，爲什麼要打破這樣的幸福呢？」

我總覺得她並不只是就我的情況回答，這個答案裡似乎還包含了一部分她的心情。

「沂青。」

「嗯？」

「我昨天在電影院附近看到妳，還有……阿駱學長。」好不容易說出口，我總算鬆了一口氣。

她莞爾一笑，「原來妳看見了啊。」

怕她誤會我今天來找她的目的，我趕緊解釋：「雖然我很想問妳這件事沒錯，但也是眞的想聽妳的意見，我——」

「沒事，我懂的。」沂青的表情很平靜，讓我更加捉摸不定，「和一個有女朋友的人單獨走在一起，他的女朋友還是妳很要好的學姊，換作是我也很難問出口。」

「我會這麼驚訝，是因爲我從來沒聽妳說過認識阿駱學長啊。」

她將手裡的酒一飲而盡，才接著說：「我們也是這學期才認識的，因爲剛好選到同一堂通識課。雖然我跟他不熟，不過因爲妳的關係所以知道彼此是誰，分組的時候就自然而然同一組了。

「如果妳要問到底發生了什麼事，事實上什麼事都沒有發生，就只是普通地聊天、一起做通識課作業，就像我們和李晟凱那樣，就是朋友關係。」

可是沂青，無論是我還是妳，都不會用那樣的眼神看李晟凱。昨天那一幕之所以令我震驚，不只是因為發現妳和阿駱學長認識，或是你們居然熟悉到能單獨出去，而是妳看著他那滿是愛慕的眼神。

沂青總是酷酷的，我從沒見過她看上哪個男生，我一直很期待一睹她墜入愛河的樣子。只是我從沒想過，她喜歡的人居然會是小曦學姊的男朋友。

「說實話，我也還不是很懂我對他的感覺。就只是覺得他滿厲害的，課業表現優異，在社團也很活躍，很難不崇拜他這樣的人。」沂青露出一抹很好看的微笑，神態十分溫柔。

我突然很不安，害怕她接下來說出我不願聽的話。

「那種感覺會不會就只是崇拜呢？我也覺得阿駱學長很厲害，有時候見到他甚至會有點害羞呢。」我強顏歡笑，試著不讓她看出我的不安。

「我還不知道，小微。」沂青笑得有些落寞，「我也明白不該去探究這種感覺，然而如果要誠實地面對妳也面對自己，我的答案是——我很想知道。」

回到家後，我更沮喪了。

沂青臉上的表情分明訴說著她對阿駱學長的感情就是愛戀，我卻因爲害怕面對，而不敢對她說實話。

哪怕那個讓她投以眷戀目光的人換成任何一個人，我都能無條件支持她、鼓勵她勇敢面對自己的感情，可那個人卻偏偏是阿駱學長。

沂青是我最要好的朋友，而小曦學姊對我來說就像親姊姊一樣，沂青的戀情若是有進展，必然會傷害小曦學姊，這樣我該怎麼站在她那邊？

阿駱學長又是怎麼看沂青的？她說他們之間什麼事都沒發生，那爲什麼有女朋友的阿駱學長會單獨跟一個認識不久的學妹出去？

這件事、甚至是他們之間的關係，小曦學姊知道嗎？

我頓時覺得很愧疚，要不是因爲我，沂青跟阿駱學長就不會認識了。

我現在該怎麼辦才好？應該試探一下小曦學姊的態度，看看她對沂青的存在知不知情嗎？可是不管我怎麼開口都很奇怪，搞不好可能還會把事件弄得更糟。

想了很久，我還是認爲應該再找沂青談談。

無論如何，我都認爲介入別人的感情不太好，阿駱學長就算再好，他都已經有女朋友了。我不希望自己的好朋友被冠上第三者的名號，也不希望小曦學姊的感情遭到破壞，所以只能趁著沂青對阿駱學長的喜歡加深以前，試著勸她放下這份情愫。

隔天早上，我本想在上課前去沂青家找她，沒想到她已經在學校了，要我直接去活動中心附近等她。

活動中心前方的一排樹下擺了幾張木桌椅，我選了一張空桌坐了下來，並傳訊息告訴沂青我的位置。

我在腦中排練了好幾次待會要跟她說的話，突然看見一瓶燕麥飲遞到我面前，抬頭就看見對著我微笑的沂青。

「妳應該還沒吃東西吧？先填填肚子。」她把燕麥塞到我手裡，接著在我旁邊坐下，這溫暖的舉動卻讓我對於即將發生的對話更爲緊張。

「謝謝。」

「怎麼了？」

「有件事我想了很久，還是想好好跟妳聊一聊。」

「是阿駱的事吧？」明明我什麼都還沒說，她已經猜到了，「小微，妳不太擅長隱瞞事情。」

「好吧，是阿駱學長的事沒錯。」我直接承認，「我很怕妳會誤解我的意思，也很怕妳會生氣，然而就因爲我們是好朋友，有些話我還是得說。」

我怕一和她對上視線就會喪失勇氣，只好將目光放在前方的地板，因此錯失看她臉色的機會。

「無論妳現在對阿駱學長抱持什麼樣的情感，都停在這裡吧。我知道學長他很好，可是不管他有多好，他都有女朋友了，我不想看妳越陷越深，最後受傷。」

「如果我說，我好不容易才遇到一個喜歡的人，我不想放棄呢？」

「沂青……」我猛然抬頭，對上她堅定的神情，頓時讓我有些退縮。

「妳知道的，我的個性比較要強，很難碰見一個我願意仰視他、他也不介意我和他勢均力敵的人，他對我來說就是這麼特別的存在。」

沂青跟我說過，她從小生長在一個重男輕女的家庭，才會養成她不服輸的性格，在各方面她都想證明自己的能力一點都不輸給男生。

「我明白，但就算如此，介入別人的感情還是不太好啊。」我拉了拉她的手，想安撫她，她冷不防甩開我的手。

「妳明明知道，那爲什麼不支持我？在我跟小曦之間，妳選擇站在她那邊嗎？」

「沂青，我沒有要選邊站，如果今天妳們兩人的角色倒過來，我也會對她說一樣的話。」我有點詫異她竟然說出這麼不理智的話，這一點都不像我認識的沂青。

「妳這種說法完全是道德綁架！愛情裡才沒有先來後到。」她咬著唇，憤怒的眼神令我感到很陌生，「小曦根本就不懂阿駱，她只看見了他光鮮亮麗的樣子，沒見過他脆弱的一面，也不知道他對於旁人的期待如履薄冰的心情。因爲就連在她面前，阿駱都得努力保持最完美的樣子。」

她這番話，不曉得究竟想說服的是我還是她自己。

「他們之所以會在一起，就只是因爲舞伴系統，而不是適合與否，我只是來晚了一步而已。」

「然而他們還是在一起了，不是嗎？」看著這樣忿忿不平的沂青，我有點難過。

「像妳們這樣盲從毫無根據的系統、分析結果，眞的很白痴。」

她這麼一罵，把我一併罵進去了，但我知道她只是在遷怒。她氣的其實不是我或小曦學姊，也不是舞伴系統，而是那個名不正言不順的自己。

「在一起是兩個人的事，不管是什麼樣的理由，也要學長同意在一起才行啊。」她越是激動，我越是心疼她，「如果學長想得和妳一樣，也抱有跟妳相同的感情，他就不會讓妳變成一個祕密。」

這些話，聽在暫時無法理性思考的沂青耳裡，成了點燃她憤怒的導火線。

「祕密？每個人不都有祕密嗎？」沂青激動地提高了音量，衝著我喊道：「如果沒有祕密才是行得正坐得直，那妳幹麼隱瞞妳吃播主Only Eat的身分！難不成妳也是心虛嗎？」

「莊沂青！」我沒想到她居然會不理智到說出這件事。

她驟然回過神似的，面露歉意，卻又不願意承認她的失控和失誤。

「我先走了。」她沒有再多說什麼，起身離開。

這是我和沂青認識以來，第一次吵架吵得這麼凶。

第六章

雖然才剛和沂青吵架，我下午仍決定照常去上課，畢竟我也沒有眞的生她的氣。她只是現在過於感情用事才會失去理智，以我對她的了解，只要她能放下情緒，像平常那樣冷靜思考，一定會理解我爲什麼勸她放棄。

然而走進教室時，我卻沒看見一向都很早到教室的沂青，甚至一直到上課鐘響，她都沒出現。

「莊沂青呢？」李晟凱小聲地問我。

「你發訊息問她。」

「爲什麼妳不發？」他狐疑地看著我。

我抿著唇，猶豫了一下還是告訴他：「我們吵架了。」

「什麼？妳們兩個居然會吵架？」

「好朋友吵架不是很正常嗎？」我煩躁地回應，「你別廢話，先傳訊息給她。」

他一邊打字，一邊對我說：「我只是沒想到妳們一個理性淡然，一個傻乎乎、沒什麼心眼，可以爲什麼事吵起來啊？」

「有機會再跟你說。」我避而不答。

「她說她今天不來了。」他沒有再追問，只是簡單告知沂青的回覆。

「喔。」我點點頭，過了幾秒後才意識到哪裡不對勁，「等等，你說誰傻乎乎啦？」

「看吧，這麼遲鈍，證明我沒說錯啊。」他聳聳肩，一副理所當然的樣子，氣得我牙癢癢。

待下課鐘一響，李晟凱就不斷向我投來期待的目光，搞得我很煩躁。

「幹麼啦！」我忍不住怒瞪他一眼。

「妳不是打算跟我說嗎？」

「我是說『有機會』。」

「現在下課了啊，莊沂青也不在，不正是個好機會嗎？」

「煩死了！煩死了！」我把桌上的東西都掃進包包裡，「請我吃蛋糕，我就跟你說。」

他滿臉諂媚地對我說：「那有什麼問題？走吧，小微大人。」

沒想到我們剛走出教室，就看到笑臉盈盈的江閔晨。

「你爲什麼在這？」我倒抽了一大口氣，彷彿看到鬼一樣。

他態度自若地向我們打招呼：「嗨。」

「你走開，我今天沒心情跟你扯東扯西。」我直接越過他，懶得跟他多說。

「你們要去哪？」

我轉過頭正想叫他不要窮追不捨，卻見李晟凱一臉迷弟的樣子，「我們要去後校門附近那家蛋糕店。」

「就你們兩個？」江閔晨挑了挑眉，「小微，妳明明知道我喜歡妳，還當著我的面找別的男人約會？這樣我很傷心欸。」

「呸呸呸！我跟他才不是要去約會，就算是也跟你沒關係！」

李晟凱居然在那邊猛揮手，拚命跟江閔晨解釋：「我們不是要去約會啦，是有重要的事要聊，你別誤會，我不會跟你搶小微的。」

我一掌拍開李晟凱揮舞的手，拉著他的袖子徑自往前走。

「那件重要的事，我也可以聽嗎？」沒想到江閔晨居然陰魂不散地跟著我們。

「不行！」

「可以啊。」

我又瞪了李晟凱一眼，「你現在是怎樣？胳臂向外彎？」

「不是啦，小微妳看啊，很明顯現在的情況是他不管怎樣都會跟上來，一直僵持不下搞不好還會引起騷動，而且他看起來也不像會亂傳八卦的人。」他用只有我能聽見的音量對我說。

我其實很想反駁，他根本就不了解江閔晨，憑什麼這麼篤定？可其實我也不覺得江閔晨有那麼惡劣，畢竟這麼做也不符合他營造出來的善解人意形象。

我跟李晟凱快速討論完後，由我發表意見：「咳咳，勉勉強強可以讓你聽一下，但你若是敢講出去，我一定殺人滅口！」

見我高舉著拳頭，說著語氣聽起來有點弱的狠話，江閔晨噗哧一笑：「好好好。」

前往目的地路上，原本明明是我跟李晟凱並肩走在一起，江閔晨卻在某個路口擠到我們中間，還自然地跟李晟凱聊起遊戲的話題，害我根本沒有機會質問他在耍什麼花招。就連走進甜點店，四人座的位子，他也硬是要跟我擠同一排。

「你──」我咬牙切齒，正想叫江閔晨滾去對面跟李晟凱一起坐時，他卻將菜單放到我面前，打斷了我的話。

「妳要點什麼？」

瞄了一眼，我突然發現好多蛋糕品項看起來都好好吃喔……

「小微，妳的口水都快滴下來了，擦一擦吧。」李晟凱毫不留情地吐槽我。

「你別忘了是你請客喔，別惹我生氣，否則我就多點幾種蛋糕！」

「妳吃得完？」

「吃不完我還是可以每種都嚐一口。」

「浪費食物會遭天譴。」

我剛想說大不了就外帶，江閔晨突然插話：「沒事，她吃不完的我幫她吃。」

我手臂上的汗毛都豎起來了。他今天的人設是深情王子嗎？爲什麼要含情脈脈地說這麼肉麻的話？

更扯的是，李晟凱竟然用少女漫畫那種星星眼看著他，「小微，不如妳就從了他吧？」

江閔晨還厚顏無恥地附和：「我覺得妳朋友說得很有道理。」
「想法這麼一致，你們兩個乾脆在一起算了？」我忍不住吐槽。
「請問要點餐了嗎？」店員的聲音冷不防響起。
李晟凱迅速地點好餐，輪到我時才發現自己還沒決定好，「我要那個……呃……」
「妳就把想吃的都點了吧，剩下的我眞的可以幫妳吃。」江閔晨又說了一次。
其實我很想說，我不會吃不完啊……他不知道少女永遠都有第二個胃裝甜點嗎？
面臨這種需要立即做出選擇的壓力，我一個勁地把剛剛在腦中想過的選項都說出來：「我要焦糖烤布蕾、莓果生乳酪跟芋泥千層，還要一杯英式鮮奶茶。」
另外三人紛紛笑了出來，店員甚至還多嘴說了一句：「妹妹，妳男朋友眞體貼，我完全懂想吃的品項太多，不知道從何下手的心情。」
「他不是我男——」
「我要一杯抹茶拿鐵就好，謝謝。」江閔晨很心機地插入對話。
「好的，稍後幫你們送過來喔。」
望著店員離去的背影，我轉頭怒目看著江閔晨，「你幹麼又打斷我的話？你又不是我的男朋友。」
「我沒有啊，只是剛好要點餐而已，妳別多想。」他裝傻。
「對嘛，小微，不要對別系的系草這麼凶嘛。」李晟凱在旁邊說風涼話。
「氣死我了！李晟凱你到底是誰的朋友？要是沂青在的話，她一定不會……」一想起沂青，我最後還是沒把話說完。

「一定不會什麼？」搞不清楚狀況的江閔晨發問。

「她們吵架了，這就是剛剛說的重要的事。」李晟凱幫我補充，「好啦，妳說吧，妳們到底爲什麼吵架？」

我有點不安地各瞥了他們兩人一眼，深吸了一大口氣才開口：「沂青喜歡上不該喜歡的人了。」

「妳是說那個學長嗎？」李晟凱突然來了這麼一句話，把我嚇了一大跳。

「什麼！」

「不是妳要說吵架的理由嗎？爲什麼震驚的人是妳？」江閔晨困惑地看我。

我不理他，死死地盯著李晟凱，「你怎麼知道？」

他避開我的眼神，看起來不太很想回答。

「沂青早就告訴你了嗎？如果我沒發現，她是不是從沒想過要跟我說？」我以爲我跟沂青是最要好的朋友，就算李晟凱跟我們也很好，但女生之間的好姊妹情誼應該略勝一籌才對啊。

我還傻傻地擔心，要是讓李晟凱知道這件事會破壞沂青的形象，結果他早就知道了，只有我什麼都不知道。

「不是啦。」李晟凱著急地澄清，「是我自己發現的。」

「你爲什麼會發現？你也撞見他們一起出去了？」

他顯得很猶豫，嘆了口氣才說道：「因爲我喜歡沂青，一直注視著她，才會先發現她的感情。」

「什麼？」

「妳們眞的是好朋友嗎？爲什麼妳感覺什麼都不知道？」江閔晨湊過來吐槽我。

「你別吵。」我一把推開他的臉，繼續跟李晟凱說話，「是什麼時候的事？我爲什麼都不知道？」

李晟凱有些不好意思地撓了撓頭，「喜歡就喜歡了，誰說一定會有特定的時間點？就是意識到了而已。」

「我的意思是，你喜歡沂青多久了？算了，這個不是重點，然後呢？」

「沒什麼然後啊，我問她，她也承認了，就這樣。」

「就這樣？你爲什麼不勸勸她？你明明知道那個人是我直屬學姊的男友欸！就算正宮不是我學姊，他也已經有女朋友了！」

「那又怎樣？結婚之前不都算是單身嗎？」江閔晨再度插話。

「已經有男、女朋友的人，就不叫做單身好嗎？」我不可置信地看著他。

「妳太單純了，小微。」他不以爲然地說道，「而且說穿了，妳會反對只不過是因爲那個學長的女朋友是妳學姊，要是換作一個陌生人，妳一定會站在妳朋友那邊，畢竟人總是會護短。」

「才、才不是這樣。」我弱弱地反駁，心底卻因爲他的話產生了自我懷疑。

眞的是這樣嗎？如果阿駱學長的女朋友不是小曦學姊，我眞的就會支持沂青的戀情嗎？

江閔晨突然摸了摸我的頭，「妳也不用太懊惱，把關係遠近放在是非對錯之前，本來就是人之常情，更何況感情本來就是你情我願。」

江閔晨的這番話似乎在安慰我，但因爲我對他的成見太深了，更覺得他在暗諷我，於是氣急敗壞地撥開他的手，「我才沒有把關係遠近放在是非對錯之前！眞要說的話，我跟沂青更要好一點好不好！」

「妳的理解能力是不是有問題？」他搖了搖頭，一副覺得我太笨了的樣子。

「你才有問題！你——」

李晟凱趕忙出聲制止我們：「好了好了，你們別吵了，店員要送餐了，別讓人看笑話啦。」

店員一邊將餐點放在桌上，一邊用關愛的眼神看著我和江閔晨。

「妳誤會了，他才不是我男——」

「謝謝，辛苦妳了。」

果不其然，江閔晨又打斷我，他絕對是故意的！

「你有什麼毛病？爲什麼不讓我解釋清楚？」

他彎起眼睛，笑得很開心，「如果多被誤會幾次就能成眞，我這麼做沒毛病啊。」

「你以爲是集點兌換禮物嗎？沒有這種事。」我邊說邊把視線轉移到看起來很好吃的生乳酪上。

「集多少點可以換一隻佘依微？」

這個人爲什麼可以臉不紅氣不喘地說這種話啊？

「你們兩個可以不要在單戀又幾近失戀的人面前放閃嗎？」李晟凱哀怨地說著。

我一聽更羞憤交加，「閃個屁！你給我說正事喔。」

「如果妳是要問我爲什麼不勸沂青，原因很簡單，因爲我希望她能幸福。」

「你不是喜歡她嗎？她要是眞的跟阿駱學長有什麼，你就只有失戀的份欸。」我不太理解他的想法。

「我知道啊，我也沒有說我要放棄她，只是她開心我就開心。」

一直以來李晟凱跟我們相處的時候，總是嘻嘻哈哈的，這是我第一次在他臉上看到如此認眞的神情。

「你不告訴她，你喜歡她嗎？」

他苦笑道：「她應該已經夠心煩了，我跟她說這個幹麼？明知道會被拒絕，何必徒增她的煩惱。」

有道理，明知道會被拒絕還表白，我也做不到。

但我忘了，在座就有一個心臟最強，或者該說最不要臉的人。

「眞有奉獻精神。」江閔晨說，「是我的話，才不想讓喜歡的人在沒有我的地方獨自幸福，我要讓她的每一份開心都與我有關。」

「你不知道有一種愛叫成全嗎？」

「我的愛沒有這麼偉大。」

我差點就要問他，如果他喜歡的人，也就是我本人，已經喜歡上別人了，那他要怎麼辦？想想還是算了，李晟凱還在旁邊呢。

「可是不管怎麼樣，我依舊沒辦法支持沂青，我相信等她冷靜下來，她會理解我爲什麼勸她。」

「我覺得她只是太茫然了，才會因爲得不到妳的支持而遷怒，妳別放在心上。」李晟凱試著安慰我，「她也知道那樣不對，然而喜歡就是喜歡了，誰都控制不了自己喜歡誰啊。」

我忍不住告狀：「她還說我跟小曦學姊都很白痴，說我們盲從舞伴系統。」

「妳又不是不知道，她本來就不相信舞會傳說的事。而且我想她其實很羨慕那個學姊吧，才會覺得只要沒有舞伴系統，那兩個人就不會在一起了。」

「不過學姊跟我說，不管阿駱學長是不是她的舞伴，只要認識他，她就會喜歡上他。」

「這不就是問題所在嗎？沒有舞伴系統，他們可能就不會認識了。」

結果我們說了半天，也說不出什麼結論，我跟李晟凱便沉默了。

「別想太多了，別人的感情，你們苦惱再久都沒用。」眞不知道江閔晨到底是在安慰人還是在氣人，「余小微，妳的蛋糕到底什麼時候才要分我？」

「既然是我的蛋糕，我爲什麼要分你？」我挑釁地挖了一大口千層蛋糕放進嘴裡。

「妳再試一次？」他挑了挑眉。

「哼，再吃兩次給你看都沒關係。」

我又挖了一口蛋糕，剛準備吃掉，江閔晨突然抓住我的手，強制把蛋糕往他嘴裡送。

「你你你……」我瞪大了雙眼，不敢相信他做了什麼。

「好甜。」他臉上揚起得逞的笑容。

江閔晨這個人眞的是……臭不要臉！

「誰准你偷吃我的蛋糕？誰都別想搶走我的食物！你給我吐出來！」

我把江閔晨罵了一頓後，他跟李晟凱互看了一眼，露出了嘲笑我的表情。

♥

江閔晨說的話，在某種程度上可能是對的吧？如果沂青喜歡上的是一個陌生人的男朋友，而不是小曦學姊，我或許就不會反對她的感情了。

沂青說愛情裡沒有先來後到，但作爲一個旁觀者，當雙方都是自己認識的人時，我就只能用先來後到作爲立場選擇的依據。

儘管猶豫了很久，我還是不想瞞著學姊，因爲她本來就有知情的權利。或許由我來說不是最佳選擇，難保不會因此產生不必要的誤解，可是我也做不到讓待我如親妹妹般的學姊一直被蒙在鼓裡。

不過這一次我學聰明了，別跟當事人在外面談話，畢竟就連一向冷靜的沂青在談這件事時都失了理智，我怕那麼喜歡阿駱學長的小曦學姊會更難以控制情緒。

「小微，這是我昨天烤的餅乾，妳嚐嚐看。」才剛踏進我家，小曦學姊立刻笑臉盈盈地將一個包裝得十分可愛的袋子遞給我，「怎麼啦？怎麼突然找我……啊！難道妳跟舞伴有什麼新發展嗎？」

「呃，算有，也不算有吧。」我擠出一個微笑，想掩飾緊張。

「這樣到底是有還是沒有啊？」她輕輕捋了一下裙子，才在餐桌前坐下。

「前幾天我們一起去看了電影，碰到他的前女友。雖然他本來就冷冰冰的，但我以前也沒見過他對誰的態度這麼差，我就忍不住問了他們之間的過往，他卻說我不需要知道……這樣算有發展嗎？」

原本是爲了不那麼突然地切入主題才跟她說這件事的，結果講著講著，當下那種委屈的情緒又回來了。其實我一直都很受傷，只是這幾天在煩惱沂青跟阿駱學長的事，才暫時沒空思考許嘉理疏離的態度。

「或許他們的過往對他來說，是一道很深的傷口吧？搞不好他只是不曉得怎麼開口，而不是不願意告訴妳。」

「我也明白不要一直問他不想答的事會比較討喜，可還是希望我能成爲他願意傾吐心事、對他而言很特別的人。」

「妳別氣餒，試著把這些想法傳達給他如何？」小曦學姊溫柔地對我說，「會答應單獨跟妳出去，多少對妳還是有點好感，我覺得妳很有機會喔！」

她後面這句話讓我心頭一緊。如果許嘉理單獨跟我出去就是對我有好感，那阿駱學長又是怎麼看待沂青的呢？學姊又會怎麼看待男朋友跟別的女生單獨出去這件事？

「學姊，我還有一件事想跟妳說。」

「嗯？」

「妳……」我抿著唇，猶豫著該如何開口，「最近跟阿駱學長還好嗎？」

她一怔，「怎麼突然這麼問呢？」

「去看電影那天，我看到阿駱學長跟……一個女生走在一起。」我想試探一下她的反應，或許可以在不洩漏沂青的身分下，提醒她注意阿駱學長的態度。

她安靜地捧起馬克杯喝了幾口水，遲遲未開口的模樣令我格外緊張。怎麼辦？我是不是不該這麼直接，在她毫無心理準備的情況下告訴她？

我不安地想著也許該緩和一下氣氛，「可、可能是巧遇？也可能是我看錯了啦，學姊——」

「那個女生是沂青對吧？之前見過幾次的妳的好朋友。」小曦學姊神態自若地揭穿我沒能說出口的關鍵資訊。

我難得敏銳了一次，「學姊，妳早就知道了嗎？」

「可以這麼說吧。」她平靜得讓我有點害怕。

總是冷靜的沂青，在談論這件事時，失控的樣子還歷歷在目；平時對任何事共情能力都很高的小曦學姊，此時卻一反常態，無比鎮定。

「妳有問過學長嗎？或是找沂青談談？學姊……妳為什麼不生氣？哪怕罵一罵我，或是哭出來發洩一下都可以，至少我還知道該說什麼，妳這樣讓我很不安。」

「罵妳？為什麼要罵妳？」她有些困惑。

「因為沂青跟阿駱學長會認識，都是我害的。」我有點慚愧，甚至不太敢看她。

「小微，妳覺得精神出軌算出軌嗎？」

我抬起頭，不太理解她為什麼這麼問。

「如果伴侶有了另一個在意的人，會向她傾訴心聲，甚至在她面前會有自己不了解的一面，但他們不牽手、不擁抱、不接吻，所有的身體碰觸都不曾有過，妳覺得這樣算不算出軌？」

這一次，我總算能稍稍讀懂她眼底複雜的情緒。

「如果他的喜歡不再只屬於我一個人，那對我來說就是背叛啊。」我握住她的手，想要像每一次她安慰我那樣，試著告訴她，我能理解她的感受。

我沒有辦法想像如何包容一個視線不只放在我身上的男朋友，更無法理解為什麼有人可以把「喜歡」和「在意」分給兩個人。在愛情裡專心，有這麼難嗎？

「我以前也是這麼想的，然而真的碰上才發現，感情的事根本沒辦法如此斷定。他們從未有過實質上踰矩的行爲，就連兩人聊天的對話紀錄也都很正常，僅僅像知己那樣交心。」小曦學姊短暫停頓了一下，我這才發現她的手正輕輕顫抖著，「我只是不太明白，那些話爲什麼不能跟我聊呢？我不是他的女朋友嗎？妳說，在這種情況下，我應該問他什麼？沒有實證只有心證的事，我要怎麼問才不會像個疑心病過重的女朋友？」

我其實不太懂什麼才叫做實質證據，肢體接觸才算嗎？阿駱學長都跟沂青單獨出去了，這樣不能算是證據嗎？

「學姊，如果這件事會讓妳不舒服，妳就該試著告訴阿駱學長啊！兩個人在一起不就是要坦誠相對嗎？重要的是妳心裡有疙瘩，而不是有沒有證據吧。」

「比起心裡的疙瘩，我更怕會失去他。我可能只是在逃避吧……如果阿駱眞的喜歡她、想跟她在一起，我相信他會跟我說的。」她笑得有些疲憊。

看著傷心的學姊，我什麼都說不出口。

「小微，沂青她……有多喜歡阿駱呢？」

我在過程中已經盡量避免提及沂青的心情，沒想到小曦學姊終究還是問了，我卻不知道該怎麼說才不會讓她更受傷。

她突然搖了搖頭，「我這麼問應該讓妳很爲難吧？抱歉啊。」

受到最大傷害的人明明是她，爲什麼她要向我道歉？

學姊離開後，我心中的愧疚和鬱悶久久無法散去。

我搞不懂，她明明很在意沂青的存在，卻什麼都不敢說，寧可被動地等著阿駱學長做決定，這樣的她眞的幸福嗎？

剛認識學姊和學長時，我覺得他們兩人是天作之合，一個堅毅可靠、一個溫柔善良，他們之間的愛情就是我所嚮往的模樣。

但發現這件事情以後，我開始不怎麼確定了。如果他們眞的那麼適合，爲什麼學長會選擇將一部分的自己告訴沂青，而不是小曦學姊？

不管有再多疑惑，我還是缺少了一塊名爲阿駱學長視角的拼圖。

我總不能直接去問他的想法是什麼吧！一來是我跟他沒有熟識到他會輕易跟我說心事的程度，二來是他們三人之間的感情已經夠複雜了，我再摻和進去只會讓事情變得更混亂。再怎麼擔心，分別找沂青、小曦學姊談，已經是我的立場所能做的極致了，再多就會越過那條旁觀者不該越過的線。

這種無能爲力，可又怎麼都放不下心的感覺，格外令我煩躁。

腦袋都被別人的事塡滿，導致我到隔天早上才意識到，待會就是課輔時間了，意味著我得去幫許嘉理打雜，而這是我們上次尷尬道別後的第一次見面。

雖然我第一個想法是：逃走吧！浪跡天涯吧！

然而該來的躲不掉，就算我今天逃走了，我遲早還是得面對許嘉理。思及此，我終究準時出現在課輔室門外。

站在門口猶豫了好久，腦中閃過無數次逃跑的念頭，雙腳卻像被黏住了，遲遲邁不開步伐，手也不配合，怎麼樣都不肯敲門。

「妳站在這裡做什麼？」

身後突然傳來熟悉的聲音，我彷彿被按下放慢鍵似的，做了幾次心理建設才緩緩轉過身。只見許嘉理面無表情地站在我身後。

「嗨。」我擠出一個微笑，故作自然地和他打招呼。

他點了點頭，問道：「妳要進去嗎？」

「要、要啊，你呢？」

「要，可是妳擋住門了。」

好尷尬，誰來救救我？我紅著臉，急急忙忙推開課輔室的門，再默默走到我平常坐的位子。

我有點沮喪，感覺這段時間以來，我跟許嘉理之間一步步拉近的距離，忽然又被拉開了，甚至回到了原點。

「我以爲妳今天不會來了。」出乎我意料的是，這次許嘉理居然主動開口。

「我也以爲……不是啦，我都答應你每週要來了，怎麼會不來。」

「抱歉。」

「啊？」

「那天我對妳的態度不是很好，抱歉。」

我愣愣地看著他，沒料到他會爲此主動道歉。

「沒關係。」

我很猶豫該不該趁現在再問一次他前女友的事，說不定他會因爲歉意而告訴我。但萬一他又像那天一樣，用冰冷的話語將我推開呢？

我好像能理解爲什麼沂青會選擇不打破眼前的和諧氛圍了，因爲開口遠比沉默更需要勇氣。

「眞的沒關係？總覺得妳的氣色不是很好。」

他是因爲愧疚才突然關心我的嗎？

無論出於什麼樣的理由，我還是很開心他這麼問我，因爲這代表他注意到我了，哪怕只有一點點。

「可能是昨天想事情想得比較晚吧。」我揚起笑容。

「不介意的話，妳可以說說看，或許有人幫忙想辦法會好一點。」

他這話一說出來，我更吃驚了：「你是眞的許嘉理嗎？還是被外星人附身了？」

「不說就算了。」他撇過頭，像個在鬧脾氣的孩子。

「我說！我說！我們一起去看電影那天，我不是看到我朋友了嗎？結果那個人眞的是她，她身旁的人也眞的是我直屬學姊的男朋友，然後我們就吵架了。」

事實上，我和沂青已經好幾天沒有講話了，時間拖得越久，我就越不曉得該怎麼跟她和好。我怕她還是很生氣，怕她一點都不想跟我說話……

「現在不只是他們三個的關係打了死結，我覺得自己都被那條線纏了進去，又是跟沂青吵架，又對小曦學姊很愧疚。」開了頭之後，我將和學姊談話的事也告訴許嘉理。

「別人的事，特別是跟感情有關的事，旁觀者插不了手也不適合插手。」聽了這麼多，許嘉理只是淡淡地說。

「你們男生怎麼都說一樣的話？」我忽然想起那天江閔晨也對我說過類似的話，「可是一個是我愛錯人的好朋友，一個是感情面臨問題、對我很好的學姊，我要怎麼袖手旁觀呢？」

「蒼蠅不叮無縫的蛋，有些事遲早會發生。」

我嘗試翻譯了一下：「你的意思是沂青像蒼蠅嗎？」

「……不是。」他看起來很無語，「我的意思是，他們兩人的感情或許早就存在問題，才會讓人有機可趁，妳朋友不過是剛好出現的那個人。」

「可是小曦學姊跟阿駱學長明明那麼適合，感情也很好，一點都不像有問題的樣子啊。」我雙手托腮，苦惱地說著。

「他們很適合這件事是誰決定的？」

他這麼一問，讓我有點懵，「因爲他們是對方的舞伴啊。」

「那又如何？」

我這才想起來，上次在跟許嘉理解釋舞會傳說的時候，因爲難爲情而特意避開了命定之人的說法。

「被系統匹配成舞伴的兩個人，代表談起戀愛會有最高的幸福機率，所以照理來說，他們再適合不過了。」我越說音量越小，因爲我猜不到他聽了這番話會怎麼想，就越說越心虛。

「這就是爲什麼妳之前問我相不相信機率的原因嗎？」

我沒想到他會直接這麼問，一時有些慌亂。

倘若承認了，不就間接承認我很在意我們作爲舞伴的合適機率嗎？要是他以後誤會我喜歡他只是因爲他是我的舞伴怎麼辦？

在想好怎麼回答之前，他已經錯把我的沉默視爲一種默認。

「妳不該依賴機率，也不該相信那種系統能決定兩個人到底適不適合。」許嘉瑆的神情看上去十分冷漠，彷彿在指責我。

原來他是如此看待舞伴系統的嗎？他就跟沂青一樣，覺得相信這個機率的我和小曦學姊很蠢嗎？可是因爲喜歡一個人，而千方百計想透過各種事情證明自己和他的速配指數，不是人之常情嗎？

上次那些受傷的感覺還未完全散去，再加上現在這句冷冰冰的話，在我聽來就像在否定我們之間最重要的連結，讓我既委屈又不太高興。

於是，我忍不住出聲，「爲什麼就不能相信了？同時被放進系統裡分析的人那麼多，爲什麼就不能相信配對在一起的兩個人，存在著特別高的相戀機率呢？」

其實我眞正想說的是：我希望我跟許嘉瑆之間存在著那樣的機率。

「因爲那種機率就像是早就給妳參考答案的考卷，妳怎麼重做都還是會照著一開始看到的解法作答。」

再怎麼相信舞會傳說，我也不是一發現他是我的舞伴就喜歡上他的，而是在這段時間的相處中，慢慢發現他的好才被他吸引的。當然，我可以理解他爲什麼會這麼想，然而我也是經歷了一段困惑、懷疑自己心意的階段，才眞正確定自己的感覺啊。

「才不是！」我衝動地出言反駁，「我曾經想過會不會是這樣，但我會在意你的前女友、吃你的醋，難道都是機率叫我這麼做的嗎？」

如果之前那些想了解他、靠近他的話，還能用朋友間的親近當藉口，那現在說出這樣幾近告白的語句，他就不可能再糊弄過去了。我沒有期待他馬上接受我的心意，我只是希望他至少不要把我對他的喜歡想得這麼廉價。

許嘉理沉默不語，臉上沒有驚訝也沒有無措，就只是注視著我。

良久，他緩緩開口：「如果系統最後告訴妳，妳的舞伴其實是另一個人，妳是不是也會對他說這些話？」

「你這句話是什麼意思？」我不敢置信地看著他。

「無論妳對我有什麼感覺都只是錯覺，就連我們兩個會變熟也不過是因爲舞伴分配的結果，換句話說，妳在意的只是妳的舞伴，不是我。」

他果然誤會了。

我應該馬上反駁他的，但我卻只是緊緊抿著唇，一言不發地看著許嘉理。我很想告訴他，我對他的喜歡是經過思考的，想把我的心路歷程都告訴他，然而我不知道該用什麼樣的言語才能說服他，讓這些聽起來不那麼像辯解。

我突然好想哭。難道他一直認為，我就是一個不管舞伴是誰都會喜歡上對方的女生嗎？還是說，我給人的感覺就是這樣，所以江閔晨才會覺得我很可笑又很花痴？

「原來你是這樣想的啊……」我輕輕地開口，「那你能告訴我，既然我們之間發生的一切都只是錯覺，為什麼聽了你這些話，我會這麼受傷呢？」

看見他的眼神微微動搖，我扯了扯嘴角。

「今天我就先回去了，反正你應該也不想跟我獨處，抱歉啊。」

拎起包包，我在哭出來以前，委屈又傷心地離開。跟好朋友吵架，緊接著又失戀了，還有誰能比我慘？

雖然嚴格來說，我也不清楚這樣算不算失戀，可是許嘉理在知道我喜歡他的情況下，說我的喜歡只是一種錯覺，這跟拒絕有什麼不一樣？

平常這種時候我會去找沂青，但現在我只能漫無目的地亂晃散心。我不敢去找小曦學姊，光是愧疚感就能把我淹沒了，也不敢去找姜祈，因為現在的我會不禁想著，他是不是也用和許嘉理、江閔晨相同的眼光看我，覺得我很蠢又很隨便。

我就像一艘失了錨的船，只能漂泊在自己沮喪的情緒中。

繞著校園走了大概十圈之後，我決定什麼都不管了，先去吃點東西安慰慘兮兮的自己，試著做些喜歡的事來轉移注意力，比如錄吃播影片。

拎了一袋食材回家，我久違地走進廚房。

雖說是久違下廚，但我也只是打算做道簡單的青醬雞肉義大利麵。

我突然想起之前江閔晨來我家看我錄影的時候，好奇地問過我，爲什麼我不在吃播影片的開頭放自己做菜的過程。

我當時告訴他，自己並沒有很擅長廚藝，也常常在做菜時把廚房弄得像被炸過一樣。

不曉得爲什麼此刻我會想起當時像個好奇寶寶、拚命發問的江閔晨。不過也是因爲回憶起這段對話，我才後知後覺地發現，他其實有認眞在看我的吃播影片，甚至也看過其他吃播主的影片，否則他根本無法發現這些差異。

所以他是怎麼發現我就是吃播主Only Eat的呢？他本來就有訂閱我的頻道嗎？還是……等等，怎麼有個怪怪的味道？

定睛一看，雞柳已經被我煎到焦掉了。

嗯，我最近果然是水逆，連最簡單的義大利麵都能被我煮壞，還有什麼事我不能搞砸呢？

這種賣相不佳的東西沒辦法拿來拍影片，我只能認命地放棄今天的錄影計畫……

吃飽後，我決定打開我的吃播頻道，試著藉由留言區的誇讚來重建自信，也順便調適一下壞心情，否則我只要一安靜下來，滿腦子都會充斥著許嘉珵今天那些既冰冷又傷人的話。但我似乎忘了，古人有一句非常有智慧的話，叫做「屋漏偏逢連夜雨」。

一打開吃播頻道，我注意到在最新的影片內，有一則留言下方有特別多回覆數。

「我看過Only Eat本人喔！她明明超瘦又超小一隻，怎麼可能食量這麼大？一次吃這麼多東西，不可能都不會胖，也不可能是那種身材。她是不是假吃啊？」

我渾身一顫，頓時覺得背脊發涼。這個人是誰？他怎麼會看過我？爲什麼知道我是Only Eat？

儘管我握著滑鼠的那隻手正在發抖，還是無法阻止自己點開其他回覆。

「眞的嗎？正嗎？」

「你怎麼知道她就是Only Eat？」

「她該不會只是假裝嚼個幾下就全吐掉吧？」

「浪費食物的人都該被雷劈死！」

「她也可能是催吐啊（笑）。」

「那也是糟蹋食物，如果是眞的，她可以去死了。」

「有多少人連飯都吃不起，她憑什麼吃了又去催吐？吃不下準備那麼多幹麼？」

有一半的留言都在譴責我假吃、催吐、浪費食物，就好像他們實際看見我這麼做了一樣。

至於另一半的留言，有部分在幫我說話，要最初留言的那個人不要血口噴人、指控之前必須拿出證據；也有部分的人持中立態度，抱著看八卦的心情，雖然沒參與謾罵，但語氣盡是對於爭議擴大的期待。

我的腦袋幾乎一片空白、百思不得其解，那個留言的人究竟是誰，又是從何得知我的身分？

突然，我的手機震動了幾下，我帶著害怕的情緒，用顫抖的手滑開通知欄。

「小微！妳快去看學校論壇！閒聊板熱門第一，是不是妳啊？」李晟凱傳來的短短一句話，將我直接甩入谷底。

第七章

一點進學校論壇，只見熱度第一的文章標題寫著：爆料！YouTube知名吃播主Only Eat就在我們學校！

點進那篇文章，我的照片就在最上頭，那是一張臉被打了馬賽克的全身照，照片來源則是我的臉書大頭貼。這個爆料人很明顯知道我是誰，才能直接進我的臉書個人頁面下載照片。

繼續往下滑，文章內放了我的YouTube頻道連結，內容簡單地寫了：「大家有看過一個叫做Only Eat的吃播主嗎？昨天聽朋友說她是我們學校的學生就去搜尋了一下，沒想到本人這麼瘦。照理來說吃這麼多，不太可能這麼瘦吧？易瘦體質眞好。」

從朋友那裡聽說？難道他朋友就是在我頻道底下造謠的人嗎？

「什麼系的？幾年級？」

「正不正？」

「我一直有在看她的影片欸！沒想到居然也是大學生。」

除了這些主要在討論我到底是誰的留言外，剩下的大部分都在質疑我之所以這麼瘦是假吃或催吐。因爲不久前韓國的吃播圈曾經有知名吃播主被爆料，透過後製影片掩蓋自己假吃。

所以呢？韓國有吃播主這麼做，等於我也這麼做了嗎？就因爲我看起來很瘦嗎？他們根本就不知道我一天最多只吃兩餐，不知道我花在運動減脂的時間有多少，既然什麼都不知道，他們到底憑什麼做出這樣的指控？

我點開回覆欄，想在文章下面澄清，然而打了幾個字後，卻又停了下來，不知道該怎麼寫出足夠有說服力的反駁。我該怎麼證明我雖然很瘦，但一次眞的能吃那麼多食物？開直播從頭到尾吃給他們看，他們就會相信了嗎？

好荒謬。爲什麼我得證明我沒做過的事？而不是造謠的人提出我有這麼做的證據？

我既氣憤又無力地癱倒在地上發呆，想著到底爲什麼這件事會流傳出去。

不管是在YouTube頻道下面說見過我的留言，還是學校論壇的爆料文，都像是說好似的在同一天出現，這眞的是巧合嗎？

學校裡知道我在做吃播影片的只有三個人：沂青、江閔晨和許嘉理，但許嘉理不知道我的影片頻道名稱，因此知道我是Only Eat的就只有沂青跟江閔晨。

雖然我跟沂青吵架了，她再怎麼氣我，我都不相信她會故意將這件事傳出去報復我，沂青不是那種人。

於是，我撥了一通電話給江閔晨。我極力告訴自己保持冷靜，或許有什麼誤會，江閔晨再怎麼變態也不至於做出這麼惡劣的事吧？他是知道分寸的人。

「這麼難得啊？妳居然會主動打給我。」

江閔晨懶洋洋的聲音不知爲何讓我在一秒之內失去理智，完全忘了剛剛做好的心理建設。

「你會不會太過分了？整我也該有個限度啊！擅自把我的祕密流傳出去，這樣算什麼？」

「啥？妳在說什麼？」

「一定是你對不對？」我鼻頭一酸，聲音不自覺帶了點哭腔，「如果不是你，那就只能是……」

不是的，不可能，她不會那樣對我，所以一定是江閔晨，必須是他。

「小微，我眞的沒聽懂妳在說什麼，妳先冷靜，再好好跟我說到底發生什麼事了？」他斂起方才還在嘻笑的語氣，溫和地對我說。

但他越是這樣，越讓我對於另一種可能感到不安。

「算了，當我沒說吧。」說完我就直接掛斷電話，不敢再問下去。

其實我很清楚，我只是在對江閔晨亂發脾氣。

手機螢幕跳出了好幾則李晟凱傳來的訊息，先是從我的已讀不回確認了文章的主角就是我，開玩笑揶揄我怎麼沒有告訴他，再到關心我的心情，並交代我不要看也不要介意那些酸言酸語。

不管是哪一條我都沒有回覆，因爲我正忙著在YouTube頻道留言區和學校論壇上的文章間來回跳轉，像著了魔似的瘋狂刷新頁面，看著一則又一則的議論和謾罵。

我不清楚自己爲什麼要這麼自虐，可我就是停不下來。直到在影片下方看到一則留言，我終於崩潰了。

「Only Eat本人就住在B市，身分是S大學的學生，不相信你們可以親自去確認啊。」

我無法安撫自己正在發抖的身體，只能邊哭邊刪除這則留言，可是這位網友卻怎麼也不肯放過我，一直在留言區重複刷著這則留言。我刪一次，他就再發一次，在不知道第幾次之後，我看到留言甚至加上了我就住在後校門附近的細節。

我哭到眼前一片模糊，感覺隱形眼鏡都被我給哭掉了，害怕得眼淚停不下來，但我必須做點什麼。這一次我直接將影片的留言功能關閉了，不只是最新的影片，我把頻道上所有影片的留言區都關閉。

然而，這麼做只能阻止我的個資被曝光，卻無法遏止我不安的情緒。

想到對方明確知道我的身分和個資，我卻對他一無所知，不清楚他爲什麼這麼做，甚至連他到底是什麼樣的人都毫無線索，就格外令我恐懼。

我將自己裹進棉被裡縮成一團，試圖藉此獲取一點安全感，眼淚滴滴答答地拚命往下掉，盡數落在褲子上，蔓延成一片深色的委屈和懼怕。

拿起手機，我想尋找一個能供自己暫時躲藏的防空洞，試著在一片黑暗中找到方向。

我吸著鼻子，想克制有些失控的情緒，卻在許嘉珵接起電話的那一刻，因爲霎時的安心再一次眼淚潰堤。

我語帶哽咽地向他發出求救訊號：「許嘉理，我——」

「不好意思，嘉理現在不太方便接電話，有什麼事我可以幫忙轉達。」電話另一頭傳來一陣柔和好聽的嗓音，截斷了我的話語跟哭泣聲。

這個聲音我非常熟悉，是那天在電影院遇見的，許嘉理的前女友的聲音。

「爲什麼是妳接他的電話？」我愣住了。

她沒來得及回答，許嘉理的聲音就從稍遠處透過話筒傳了過來：「妳在做什麼？」

「我看你在忙，電話又響了好久，就幫你接了。」

「妳別亂動我的東西。」

「下次不會了嘛。」她的語氣中透著隱隱的親暱。

過了幾秒，拿回手機的許嘉理開口問我：「怎麼了？」

雖然我們今天起過爭執，在茫然失措的時刻，他依然是我下意識最想求助的人。只是對他來說，他心中的第一順位並不是我，從來就不是我。

我怎麼就沒有想到這樣的可能性呢？我眞笨。

「沒事。」我很努力想要強顏歡笑，卻還是沒能在電話掛斷前，忍住奔騰而出的淚水和啜泣聲。

掛斷電話後，我背靠著牆壁，抱膝蜷縮。

有太多事情值得我大哭一場了，甚至多到我都不確定該從哪一件事開始哭起。學期初我還覺得自己要開始轉運了，沒想到短短幾個月就風雲變色，該碰上的、不該碰上的衰事都給我碰上了。

好害怕啊……不知道那個洗留言的人究竟是誰，也不知道他是不是仍然潛伏在我的周遭，更不知道如何面對學校裡眾人的關注。

今晚我還能龜縮在家裡，但是明天呢？再之後呢？

「叩叩叩。」

門外突然傳來敲門聲，嚇得我渾身寒毛直豎，不敢動彈。是誰？都已經晚上十點多了，誰會在這時候跑來我家找我？該不會就是那個曝光我住哪的網友吧？因爲我關閉了留言區，他乾脆直接找了過來嗎？

「叮咚！」

敲門聲持續了一陣子後，接著傳來的是門鈴聲。

我越想越恐慌，可是再怎麼害怕，現在我只能依靠自己了，要是不勇敢一點，也沒人能保護我。於是，我從書桌上拿起一本又厚又重的會計原文書當武器，膽戰心驚地往門口走去。

我計畫先透過貓眼確認門外的人是誰，如果是陌生人就假裝自己不在家，他要是還賴著不走，我就報警求救。

誰知道才走了一半，被我扔在床上的手機倏地響了起來，來電鈴聲還特別大聲。這下好了，裝不在家計畫失敗。

「叮咚！叮咚！叮咚！」

門外的人似乎也聽到我的手機鈴聲了，頻頻按著門鈴，彷彿在挑釁般。

另一個計畫則是，若對方有破門而入的意圖，我就直接拿書把他敲暈！讓他見識一下原文書的厲害！

我走到門前，膽怯地踮起腳尖，透過貓眼往外看。

沒想到，門外站的人根本不是陌生人，而是江閔晨。

「碰」的一聲，我粗魯地將門打開，氣急敗壞地對他喊道：「大晚上的你跑來我家幹麼啦！還一直敲門、按門鈴，想嚇死誰？」

「妳為什麼都不接電話？」江閔晨左手舉著手機，右手食指還放在門鈴上，愣了一下又問，「還有，妳為什麼要抱著一本原文書？不重嗎？」

廢話，重死了。

「我都快嚇死了，還接什麼電話！」我扭頭走回屋內。

「我傳了好多訊息給妳，妳都沒回。我有點擔心，就過來看一下。」

「擔心什麼？」因為心有餘悸，我沒好氣地對他說。

「妳剛剛在電話中這麼反常，我能不擔心嗎？」他盯著我看，像是在確認什麼，

「我看到頻道還有學校論壇的事了，妳還好嗎？」

他這麼一問，我剛才因為驚嚇過度戛然而止的淚水，又一次奪眶而出。

「一點都不好……怎麼可能會好啊……」我邊哭邊說。

江閔晨朝我走近了幾步，將我攬進懷裡，輕聲對我說：「沒事了、沒事了。」

這或許是知曉了他的眞面目後，他第一次這麼溫柔地對我。

我其實不太確定，自己究竟在江閔晨的懷抱中哭了多久，等我好不容易冷靜下來，才後知後覺地感到丟臉。

「我、我沒事了，那個……你可以放開我了。」

我想悄悄拉開距離的意圖，被江閔晨一秒識破，他很快恢復平時調侃我的語氣：「余小微，妳現在才覺得害羞會不會有點太晚了？」

氣得我立刻推開他，賭氣地抱胸坐在床沿瞪著他。

「冷靜下來了？」他笑著拉了一張椅子，坐在能和我面對面的位置。

「你來我家爲什麼都沒有帶飲料或是宵夜之類的伴手禮？」我故意這麼問。

江閔晨看起來一點也不介意我亂發脾氣，「我現在去買？」

一見他起身，狀似眞的要出去買東西，我著急地站了起來，伸手拉住他的衣角，「等一下啦！我開玩笑的，你不要——」

意識到自己想說什麼的瞬間，我及時收住尙未說完的話。我竟然想叫他不要走，留下來陪我，我瘋了嗎？

他勾起嘴角，識破我沒說出口的話，「怎麼了？不想一個人待著？」

「是，我的確不想一個人待著，因爲我眞的很害怕。」爲避免他誤解我的意思，我只好告訴他緣由，「有個人一直在頻道底下洩漏我的個資，我刪一次，他就再發一次，所以我才會把留言功能關掉。」

「他的留言寫了什麼？」江閔晨將手覆在我拉住他衣角的手上，動作輕柔地解開被我擰成一團的衣服，然後雙手扶著我的肩，讓我回到床邊坐好。

「寫了我住在什麼城市、就讀什麼學校，還有一次甚至寫我住在後校門附近。」一想起那個人，我就像驚弓之鳥一樣，聲音都有些顫抖，「你剛剛敲門、按門鈴的時候，我還以爲是那個人……爲什麼他會知道這麼多關於我的事？好可怕，感覺他正在監視我。」

「不然我今天留下來陪妳吧？」

他這話一出，我嚇得都忘記恐懼了，「喂！大晚上的，你、你是不是想趁人之危！」

「妳不想一個人待著，連我要出去買東西都不讓，我說我要留下來陪妳，妳還反咬我趁人之危？」他擺出一張很無辜的臉，「所以妳到底想讓我走，還是想讓我留下？」

我一時啞口無言，支支吾吾很久，最後只能說：「可是我家又沒有多的棉被跟枕頭，我不可能把床分給你，我怕你獸性大發。」

「那妳還讓我進妳家？」江閔晨一改態度，不再裝乖，瞇起眼，邊說話邊逼近我，「妳都忘了前不久我才剛跟妳告白嗎？喜歡的女生就在眼前，確實很容易獸性大發，也特別想趁人之危。」

「你、你不要過來喔！」我緊張地不斷向後退，直到背貼到牆壁，無路可退爲止。

他停在一個近得能將呼吸吐在我臉上的距離，然後嘴角勾起一抹弧度，一如他每次成功整到我時總會露出的那種壞笑。接著，我的視線被一個白色不明物體擋住，定睛一看，才發現是我放在床上的小雞玩偶。

江閔晨用玩偶輕輕地碰了一下我的嘴唇，「這個就先保留吧，以後我再拿回來。」

我紅著臉，搶回我的玩偶，羞憤交加地對他說：「拿什麼拿！沒有那種以後！」

「話不要說得這麼肯定，難保以後不會打臉。」他微笑著退開。

「哼，不會就是不會。」因為我已經有喜歡的人了！

想到這，因為驚嚇而暫時遺忘的那通令我心碎的電話，讓我好不容易放鬆一點的心情，再度變得陰鬱。

為什麼許嘉理會跟他的前女友待在一起？他不是很排斥她嗎？他們是不是復合了……

「妳怎麼又哭了啊？」

聽見江閔晨的詢問，我才發覺自己的淚腺竟然這麼發達，先前哭了這麼久，現在居然還能繼續哭。

「我不是都說了會留下來陪妳，還是很害怕嗎？」

我搖了搖頭。此刻流下來的，是名為心碎的眼淚。

這一次，我可能是真的失戀了。

睜開眼睛時，迎接我的是窗簾沒能掩住的晨光、感到酸澀甚至有點刺痛的雙眼，以及右手被握住的觸感。

我側過頭一看，發現盤腿坐在地板上的江閔晨正趴睡在我的床沿，他的臉枕在右手，空出來的左手則握著我的手。

我大驚失色，接著一頓亂叫，拿起枕邊的玩偶對著他一頓猛打。

他直接被我從睡夢中打醒，「喂，妳做什麼啦，很痛欸！」

「你這個大色狼！趁人之危！」我邊說邊揮舞著白色小雞。

江閔晨猛地握住我的手，一把抽開我手上的玩偶，「妳再不冷靜點，我就眞的做點什麼了。」

聞言，我立刻定格不敢動。

確認我不會繼續暴打他後，他才放開我的手，伸了伸懶腰、活動四肢。

昨晚，我只記得江閔晨突然跑來我家，把我嚇了一跳，然後他還說要留下來陪我，再後來呢？

「你昨天一直都睡在地上嗎？」我小心翼翼地試探。

他瞥了我一眼，面帶微笑，「我一開始睡在妳旁邊啊，妳忘了嗎？」

「什麼！」我急忙拉起棉被，將自己裹住，呈防衛姿勢。

「妳是白痴嗎？要眞的睡在妳旁邊，妳現在還能衣衫完好？」

「變態！色狼！不要臉！」我把自己裹得更緊了，只露出一雙眼睛瞪著他。

江閔晨噗哧一笑，接著他拿出手機，趁我不備快速地拍了一張照片。

「你偷拍我？」我瞪大雙眼，伸手要去搶他的手機，奈何手短搆也搆不著，「給我刪掉喔！」

「我把妳拍得這麼可愛，爲什麼要刪？」他高舉著手機，還特意調整成我能清楚看見螢幕的角度。

不看還好，一看才發現照片裡的我說有多呆就有多呆，棉被把我包裹得像一隻企鵝，眼睛還因爲哭了一整晚腫成兩顆核桃。

我眞的要殺了江閔晨！我氣鼓鼓地撲了過去，試著搶奪他的手機，但他卻馬上將手機收進褲子口袋，賤兮兮地對著我笑。

發現發脾氣對他沒用，我決定改用裝可憐策略，吸了吸鼻子，努努嘴：「我都這麼慘了，你還欺負我。」

「好啦，我不鬧妳了，別生氣。」沒想到，江閔晨還眞的吃這一套，不再嬉皮笑臉。

我雙手抱胸，故意不回話，假裝在賭氣。現在我一定得端好架子，免得他總是得寸進尺，整天就知道欺負我。

「妳不是想知道昨天後來的事嗎？」他故意這麼說，試圖釣我上鉤。

偏偏我又很捧場地下意識抬眼看他。

江閔晨彎起眼睛，笑得很開心，「妳哭著哭著就睡著了，我幫妳蓋棉被的時候，妳突然握住我的手，怎麼都不肯放開，害我只能這樣趴睡。維持這個姿勢一整晚，妳知道我的腿有多麻、背有多痠嗎？」

「呃，我不記得了。」我有點不好意思，沒想到自己居然在他面前哭到睡著。

「余小微，妳在一個喜歡妳的男生面前這麼沒有防備，眞的要感謝我過人的自制力。」

我紅著臉喊道：「要感謝你什麼啦？你不要亂說話。」

「感謝我忍住了想偷襲妳的衝動啊。」他聳聳肩。

「你、你再說這種話，小心我告你性騷——」

「叮咚！」

門鈴忽然響起，打斷了我的話，還又一次觸動我敏感的神經。我的肩膀在門鈴響起的那一刻，很明顯地抖了一下。

見狀，江閔晨輕拍我的肩，示意我坐著就好。

雖然心底仍有些害怕，不過或許是因爲有他在的關係，我沒有那麼慌張了，甚至還有點安心。

江閔晨透過貓眼往外瞧了瞧，接著直接打開門。

「你爲什麼在這裡？」站在門口的沂青一看到江閔晨，先是狐疑地打量他，隨後往屋內瞥了一眼，徑直走向我。

她側坐在床邊，神情滿是焦急地詢問我：「小微，妳還好吧？發生那種事，妳爲什麼沒有第一時間跟我說？」

「啊？」我愣愣地看著她，一時反應不過來，「妳……不生我的氣了嗎？」

「妳白痴啊！都這種時候了，妳還在意我怎麼想的幹麼？」沂青很少有這麼激動的時候，上一次是因爲阿駱學長的事和我吵架，這一次則是因爲擔心我。

「我怎麼可能不在意嘛！這是我們第一次吵架，妳又好幾天不理我了，我怕眞的被妳討厭了啊。」說著說著，我又哭了。

跟沂青吵架這件事本來就已經掛在我心頭好幾天了，更何況我現在又特別脆弱，隨時都能表演十秒落淚。

「余小微，妳怎麼這麼能哭啊？昨天都哭了一個晚上了，妳的眼睛是水龍頭嗎？」江閔晨邊說邊朝我們走近。

「我怎麼可能討厭妳？也不是故意不理妳，我只是暫時不知道該怎麼面對妳。」沂青抽了幾張衛生紙給我，看起來很心疼我，「別哭了，再哭眼睛眞的要壞掉了，我以爲上次妳已經哭得夠慘了，沒想到還能再更慘。」

一聽到她說沒有討厭我，我立刻就止住了淚水，吸了吸鼻子。

「上次？她上次幹麼哭？」罪魁禍首竟然還有臉問。

「那就要問某位無聊人士爲什麼要裝作對她有興趣來整她了。」沂青冷冷地回應。

「可是嚴格來說，那名無聊人士也是對她有興趣才整她的啊。」江閔晨很快就意識到他就是那位無聊人士。

我氣得把懷中的玩偶砸向他的臉，他眼明手快地接住了。我正想惡狠狠地瞪他，卻忽然覺得眼睛好痛。

「怎麼了?」沂青敏銳地注意到我的異樣。

「眼睛痛痛的。」

「妳先閉著眼睛休息一下，我去幫妳拿眼藥水。」沂青扶著我躺下，「江閔晨，你去買點冰塊讓小微冰敷。」

「為什麼不是妳去買?」江閔晨回嘴。

「因為小微是我的，不是你的，所以你出去。」

儘管閉著眼睛，然而聽見這番話，我還是笑了出來。

門口傳來開門又關門的聲音，想必是江閔晨認命地出門買東西。我從沂青手裡接過眼藥水後，往眼睛裡點了幾滴，痠痛感總算稍稍得以緩解。

「小微，妳就這樣聽我說幾句話吧。」沂青輕聲開口，這下我明白她為什麼要把江閔晨趕走了，「對不起，妳Only Eat的身分會曝光，可能是我害的。」

我一聽，猛然張開眼睛，坐起身，驚訝地看著她。

她沒有看我，只是繼續說：「我想了想，很有可能是我們吵架那天我的失言所致，當時四周還有別人，估計是被別人聽見了才會傳出去。」

「那就好。」

「哪裡好了?妳會被罵都是我害的。」

「我原本還懷疑是妳或江閔晨傳出去的，因為只有你們兩個知道這件事。我甚至還打給江閔晨罵了他一頓，但看到他因爲擔心我而跑來我家，我就知道不是他了。後來我就在想，會不會是妳氣我氣到想報復我……現在解開誤會，不是很好嗎？」

「我是那種人嗎？」她沒好氣地說著。

「是我不好啦，不該懷疑妳。」我拉了拉沂青的手，「所以妳不用覺得對不起我，我們一人抱歉一次，這樣就扯平了。」

她露出感激的微笑，突然給了我一個擁抱。

這個舉動不太像平時的沂青，於是我悄聲詢問：「怎麼啦？」

「小微，我失戀了。」她把頭靠在我的肩窩，我能感受到她的聲音帶了點顫抖。

我伸出手輕拍她的背，「怎麼了？」

「那天跟妳吵完架，我越想越不服氣，或許是想證明妳說的是錯的，我很衝動地跑去找小曦，想把所有事都告訴她，可阿駱出現攔住我了。」沂青的聲音很平淡，彷彿在訴說別人的故事，「他跟我說，他不可能跟小曦分手，我和他清清白白的，什麼事都沒有，如果我再做這種事，連朋友都不用做了。」

「朋友啊……」她往後退了一點，臉上的微笑很落寞，「也是，我們之間確實什麼都沒有。」

我說不出什麼能夠安慰她的話，只能握著她的手，靜靜地聆聽。

「我只是很想證明那些情愫並不是我的錯覺，哪怕只有一點點也好，我希望他對我的感覺不要那麼清白。」

小曦學姊都能感受出學長態度的不同，那怎麼能說是什麼都沒有呢？可是我不能告訴沂青這些，只有這樣她才能徹底放棄。

「所以我那天就是遷怒於妳而已，雖然我不相信舞會傳說，但我很嫉妒因此先和阿駱相遇、甚至得到他的小曦，如果沒有那個契機，我可能就有機會了。」她滿是歉意地對我說，「或許我也有點羨慕妳吧，可以名正言順地靠近妳喜歡的人，抱歉啊。」

「沒關係，反正我們現在同病相憐，不用羨慕我啦，我也失戀了。」面對同樣遭遇的人，說出傷心事也就容易多了。

「妳問許嘉珵前女友的事了？怎麼？他不讓妳問？」

「簡單來說呢，他覺得我會喜歡他全是因為他是我的舞伴，甚至認為如果我的舞伴不是他，我也會喜歡上那個人。」重提這件事，我心中還是泛起了一絲酸澀，「我原本覺得這樣已經夠傷心了，沒想到還有更慘的。昨天晚上我太害怕了，哭著打給他的時候，接電話的人居然是他前女友。」

「啊？妳不是說他對前女友的態度不是很好嗎？」

我苦笑道：「我也以為，誰知道他們突然就又兜在一起了。不管怎麼樣，現在的發展都讓我很難樂觀起來啊。」

「唉。」

我們同時嘆了一口氣，接著相視而笑。

「眞不愧是朋友，就連戀情都同時進展不順。」沂青笑著說。

看見她久違的笑容，我一把環住她的肩，跟她撒嬌：「不要理那些臭男生了啦，想到他們就討厭，最重要的是我們和好了！」

此時，門口傳來電鈴聲。

我離開床鋪，先看了一眼貓眼，確認門外的人是江閔晨才放心地打開門。

「妳的表情怎麼這麼奇怪？還沒和好？」

我搖搖頭說：「不是，我只是有點餘悸猶存，不敢亂開門。」

「爲什麼？」沂青出聲，我才想到剛剛沒來得及告訴她我的害怕，還有江閔晨爲什麼會在我家。

「有網友在她影片底下留言，說她是S大學的學生，還把她住在後校門附近都寫出來了，她昨天嚇得要死。」江閔晨邊拿出剛買來的冰袋邊替我說明，「小微，妳去拿條毛巾過來。」

「啊？」

「啊什麼啊，冰袋直接敷上去妳受得了？」

從我手裡接過毛巾後，他幫我把冰袋包好，原本已經要遞給我了，又忽然收手。

「你幹麼？」我不解地看他。

「妳去躺好，我幫妳敷上，坐著是要怎麼冰敷？」

因爲眼睛眞的很不舒服，我也懶得跟他爭，乖順地躺好。閉上雙眼沒幾秒，我就感覺到冰涼的毛巾覆上眼皮的觸感，他的動作很輕柔。

躺著冰敷順便休息時，我隱約聽見沂青跟江閔晨好像在討論我的身分曝光和被網路霸凌的事。後來我就睡著了，等我醒來時，他們兩人都離開了。

桌上留著一張沂青寫的紙條：不吵妳了，妳好好休息。門我會幫妳鎖上，醒來再跟我說一聲，我幫妳買飯順便把鑰匙還給妳。

我正覺得很感動時，突然看到便條紙最下方還有一行小小的字：之後記得好好跟我交代，妳跟江閔晨是怎麼一回事喔。

沂青無論是說話還是寫字都很少在句尾加「喔」字，這樣一寫就給人一種意有所指的感覺。不過我要交代什麼？我跟江閔晨能有什麼事？

算了，待會她過來，再問她吧！我拿出手機，打算傳訊息給沂青，卻注意到有三通許嘉理的未接來電。

咬著唇，我很猶豫到底該不該回撥電話給他。昨天在我最需要他的時候，他在前女友身邊，後來也沒有再聯繫我，爲什麼還要在第二天撥出這些遲來的電話呢？

我很想跟他賭氣，不管他的來電。可即便如此，我遲早都會在課輔時間或是課堂上見到他。

再說了，誰叫我是喜歡人家的那一方呢？先喜歡的人本來就比較卑微，就算他眞的跟前女友復合了，我也沒辦法馬上放下對他的好感，更何況這樣近似關心的舉動，我怎麼可能狠下心置之不理？

嘆了口氣，我認命地按下回撥鍵，沒多久電話就被接通了。

「你找我嗎？」我努力讓自己的聲音聽起來盡可能平靜一些。

許嘉珵跳過了所有開場白，「妳昨天怎麼了？」

我笑了笑，這個遲來的問候算什麼？還有意義嗎？

「沒怎麼，昨天是我太唐突了，抱歉。」我主動拉開彼此之間的距離，反正一直都是我擅自向前，那現在決定向後退也是我的自由。

他沉默了數秒後，對我說：「妳不需要抱歉。」

「怎麼不需要？我不該找你的，不管是昨天還是以後，都不應該再找你了。你都打算跟前女友復合了，還讓她接到我找你的電話，如果讓她誤會了，我很抱歉。」這話我說完都覺得自己很像心機綠茶婊。

「我們並沒有要復合。」他很快否認，但話中的「我們」二字卻又一次刺痛我。

「那也不重要了。」我難過地對他說，「反正對你來說，我的心意一直都只是錯覺。」

說完，我直接切斷通話，就怕再多聽一秒他的聲音我又會哭出來。

反正許嘉珵都已經把我的心意想得這麼隨便了，我對他發發脾氣又怎麼了？

沂青來我家時，幫我帶了一份日式蓋飯，並表示要跟我徹夜促膝長談。雖然傷心、委屈的事有很多，但有沂青陪在我身邊，我好像沒那麼難過了。

她一邊拆開飯盒，神態自若地問道：「妳跟江閔晨是怎麼一回事？」

「啊？」

「你們兩個之間的氛圍好像不太一樣了。」

「哪裡不一樣？」

「說不上來。」

我歪著頭，努力思考到底哪裡不一樣，「可能是因爲昨天晚上我最害怕的時候，陪在我旁邊的人是他吧，就有種共患難的感覺？我好像沒有那麼討厭他了。」

「我覺得啊，他可能滿喜歡妳的。」她停下動作，認眞地對我說。

「喜歡我？哪有人整天欺負喜歡的人？他是小學生嗎？」

「有些男生本來就比較幼稚，江閔晨又是特別幼稚的那種。不過從他昨晚趕來陪妳、今天也很關心妳的樣子來看，他對妳的心意應該是眞的。」

「可是我喜歡許嘉瑆，雖然他不喜歡我，我還是喜歡他。」

「算了，我也不好說妳什麼，妳自己想好就好。」我們相視而笑，畢竟我們兩個都喜歡上一個不喜歡自己的人，誰都沒資格對對方說教。

「比起那些情情愛愛，現在更讓我煩惱的是其他問題。」我食之無味地用湯匙攪著飯，「我現在不敢出門，甚至連一個人待在家裡都有點怕怕的……我總不能一直都這樣吧！頻道的事怎麼辦？學校論壇的事怎麼辦？」

「妳又沒做錯事，怕他們幹麼？想怎麼回應就怎麼回應，面對這種莫須有的指控，絕對不能姑息，不然那群造謠的酸民一定會說妳是心虛默認。」

「可是……」

「不要可是，妳不敢我幫妳。」沂青放下湯匙，拿出手機開始打字，每當我想湊近看，她就一把將我推開，「我先發出去再給妳這個膽小鬼看。」

聞言，我只好乖乖吃飯，把事情交給她處理。

「好了，妳自己去看學校論壇。」

我趕緊拿出手機，打開仍然高居閒聊板熱門第一的那篇文章。滑到最下方，沂青的留言洋洋灑灑地寫著：「當吃播主又怎樣？是犯罪了嗎？校規跟法律有規定瘦的人就不能當吃播主了嗎？那些說她假吃或催吐的，請問你們有證據嗎？沒證據就這麼欺負自己同校的同學啊？我是不知道樓主出來爆這種刻意帶風向的料是有什麼目的啦，但跑到人家影片下面曝光同學的個資，你丟不丟臉啊？我怎麼覺得你根本在仇視比你瘦的人，又或者其實是狹怨報復呢？不要以爲在網路上匿名發言不用負責，IP都查得到。」

「沂青，妳這麼說搞不好會激怒那些本來就想罵我的人，很多人根本只是跟風而已，也不在意事情的眞相到底是什麼。」我很少看見講話一向簡潔有力的沂青用手機打這麼多字，有點感動也有點擔心。

這就是爲什麼網路上總說「造謠一張嘴，闢謠跑斷腿」。

造謠的成本遠比澄清要來得低很多，只要說「疑似」、「夢到」就能讓一堆完全不想思考，只想討論八卦的人隨之起舞。而面對指控的當事人，卻得想辦法證明自己並不是他們說的那樣。

我一直都知道網路世界很可怕，所以我才不想讓別人知道我就是Only Eat，只是沒想到這次事情會演變成這樣。

「妳管他們怎麼想？妳只管澄清自己想澄清的，妳問心無愧，爲什麼要躲著？反擊被罵，不反擊也被罵，那何必委屈自己？」沂青正義凜然地說道。

也是，我現在不是一個人了，有沂青陪著我、替我說話，我爲什麼要怕那些陌生人？

我抱住她，對她說：「有妳眞好！怎麼被妳一說，我就不害怕了。」

「好了，不要這樣，很噁心。」才跟我當不到一天的親密好姊妹，她又變回原本酷酷的模樣，「有時間撒嬌，還不如想想妳要怎麼在頻道上回應，看是要出來解釋、拍一刀未剪的吃播影片，甚至是直播都可以。在妳的地盤，妳不出來替自己說話，難道要任由一群素未謀面的人欺負妳嗎？」

「好啦好啦，妳讓我思考一下怎麼做比較好嘛。」自從昨天崩潰之後，我就不敢打開我的頻道了，在沂青的陪伴跟催促下，我才鼓起勇氣點進去看。

一看我才發現，在我關閉影片的留言區之前，有不少留言一直在幫我打抱不平或是加油打氣。只是我當時的注意力都放在那些謾罵，特別是曝光我隱私的留言者身上，才忽略了站在我這邊的粉絲。

我以前不太懂，爲什麼遭遇網路暴力，並爲此傷害自己的公眾人物，他們眼裡好像都只看得見罵他們的人，卻看不見那些喜歡他們的人。直到自己也經歷了同樣的事之後，我才終於體會他們的心境。

一句詆毀的話可以在人的心裡炸出一個巨大的坑洞，把所有的正面情緒都吸進去，想要填補傷害卻需要無數句勉勵的話，甚至怎麼填都無法完全填上。

突然，其中有一則留言吸引了我的目光。

「我是Only Eat的朋友，我親眼在她身邊看過她錄影的樣子，她的食量是眞的能一次把影片中的東西全吃完。確實她本人眞的很瘦又小小一隻，但你們知道她爲什麼吃這麼多還能維持身材嗎？那是因爲她要錄影的時候，一天就吃那一餐，也非常努力運動就爲了抵銷掉熱量。你們明明不認識她，沒見過她爲了拍片所做的努力，又憑什麼隨口造謠、甚至網路霸凌她呢？」

這很明顯就是我身邊的知情人士留的言。

我將手機畫面拿給沂青看，她說她沒有在我的頻道上留過言，所以就只剩下一種可能性——這則留言是江閔晨寫的。

「Only Eat頻道上那則說是我朋友的留言，是你留的嗎？」我發了一封訊息給江閔晨，想確認自己的猜測是否正確。

他幾乎是秒回，雖然有回答跟沒回答一樣：「妳猜。」

即使我懷疑他把我的祕密說出去，打電話罵了他一頓，他依然沒生氣，還跑去我的頻道幫我說話，事後也沒找我邀功。

「江閔晨好奇怪。」

「什麼？」沂青聽見了我的喃喃自語。

「他不是說要追我嗎？哪有人追人卻不告訴對方自己做了什麼？」

她莞爾，「也許他做那些事不是爲了追求妳啊。」

「不然是爲了什麼？」

「維護喜歡的人，哪需要那麼多理由？」

我其實一直對江閔晨口中的那句喜歡我，不太有眞實感。或許是因爲他的態度常常讓我覺得他在開玩笑，也或許是因爲我不覺得他對待我的方式像是在對待喜歡的人。

可這幾天，他明明一句喜歡也沒跟我說，卻用行動道盡了喜歡，對此我有點感動。

第八章

後來，我聽從了沂青的建議，在她的陪伴下，於頻道上開了一次直播。

我仍舊沒有露臉，一樣只露出鼻子以下的面容，準備了跟平時一樣分量的食物。直播一開始，我就先澄清了對我身材和食量的質疑，而後一口接一口地把所有食物都吃完，作爲我沒有假吃的證明。

我知道就算我這麼做，還是會有人不相信我，甚至認爲等我下播後就會去催吐。但就像沂青說的，我在自己的地盤，爲什麼還要躲起來？我拍吃播是因爲我喜歡做這件事，就算要爲了別人而拍，那也該爲喜歡我的粉絲，而不是爲那些酸民。

直播結束後，我在頻道上張貼了「暫時停止更新」的公告。我不想在壓力很大的情況下，硬著頭皮勉強自己產出影片，不如先休息一陣子，等準備好了再恢復更新。

此外，我也沒有將影片的留言功能解鎖，因爲不知道那個變態會不會繼續洩漏我的隱私，即便已經將他的帳號加入黑名單，以防萬一，還是繼續關閉留言區比較好。

這件事也讓我重新思考了自己拍吃播影片的方式，我爲了能在不改變食物分量的情況下保持身材，而常常一天只吃一餐的飲食方式，眞的值得嗎？明明都這麼努力了，還是被質疑假吃、催吐，我眞的替那個總是在挨餓和瘋狂運動的自己感到委屈又不值。

沂青也讓我趁著這次休息，好好想想如何調配自己的生活跟吃播頻道的事，既然有些事情默默努力反而吃力不討好，不如先把自己放在第一考量順位，至少還開心點。

至於學校論壇上那篇爆料文，不知道是沂青的留言起了作用，還是爆料人心虛，等我再點進去看時，文章已經被刪除了。

到這裡爲止，這起事件總算暫時告了一個段落。

這幾天我還是常常會想起許嘉琨，很想問他那天撥來的電話背後蘊含著什麼樣的涵義。他不是說我對他的感覺都是錯覺嗎？那爲什麼還要再給我更多錯覺？但是我不敢。

從對他萌生了好奇開始，我一直都很努力追著他跑，過程中多半時候都很快樂，我也不介意總是由我主動踏出那一步，直到他說我在意的只是「舞伴」，而不是「他」爲止。

我覺得委屈，同時也開始懷疑自己的心意，是不是眞如他所說般。這兩種心情摻和在一起，讓我更卻步了，不知道該怎麼面對他才好。

我曾經期待過，這一次能由許嘉琨主動，哪怕他只是站在遠處朝我招招手，我都很樂意將那視作繼續努力的理由，立刻飛奔到他面前，再向他表白一次。

然而，在他主動走到我面前之前，先出現的卻是他的前女友。

我不清楚那個女生怎麼會知道我的名字，甚至還拿到了我的電話，突然收到她的簡訊時，我嚇壞了。

「嗨，妳是余依微對吧？我是前些天妳打電話給嘉琨時，幫他接電話的那個女生。方便的話，能不能出來見個面、一起喝杯咖啡呢？」

我很想直接回覆不方便，然而我也想知道她找我做什麼？難道是爲了給我一個下馬威嗎？雖然有點不安，可是她那邊也有我想知道的事，所以我仍舊答應了她的邀約。

見面前，我卯足了全力打扮自己，畢竟要見情敵，什麼都可以輸，氣勢不能輸！而且憑著上次見面時留下的短暫印象，我覺得我在外型上已經輸給人家了，說什麼都要用妝容跟穿搭挽回一點顏面。

甩了甩頭，我告訴自己別再胡思亂想，等一下就先聽聽她到底想說什麼，再伺機打探看看她跟許嘉理之間到底有什麼樣的過去……

一走進咖啡廳，我就看見坐在窗邊位子的她。

她在聽見門邊風鈴響起的那一刻，抬起頭對我嫣然一笑，我也揚起一抹禮貌的微笑，拉開她對面的椅子。

「不好意思突然找妳出來，我剛剛已經先點好飲料了，妳看妳要點什麼我再去幫妳加點。」

「沒關係，我自己來就好了。」

待我點好飲料回到座位後，她率先打破沉默：「嘉理有跟妳說過我的事嗎？」

「如果是爲了這件事才找我的，那妳可能白找了，除了妳是他的前女友以外，他什麼都沒說。」

「也不全是。」她輕笑，「我想，他大概不願意說我們分手的理由，所以我才來找妳，想親自告訴妳。」

她告訴我這些是想表達他們以前有多甜蜜，好讓我知難而退嗎？

「他不說，是他的溫柔，因爲我們分手分得很不愉快，而我是有錯的那一方。」她的視線瞥向遠方，彷彿陷入回憶中，「他看起來總是很冷淡，所以我覺得自己是在那段感情中付出較多的一方，沒能從他那邊獲得等量的愛，久了就越來越痛苦……簡單來說，我無縫接軌了，剛提分手沒多久就和別的男人在一起。嘉理得知以後就跟我劃清了界限，對我的態度一直都跟妳那天看見的一樣。」

在我的想法裡，無縫接軌就只是說得好聽一點的劈腿，畢竟能馬上走進下一段感情，就代表那人在前一段感情中已經不怎麼專心了。

「是下一任男友，雖然現在也是前男友了，讓我發現嘉理的溫柔。嘉理是一個做的遠比說的要多的人，只可惜交往時我沒發現，也沒有好好珍惜，我很後悔。」

我有點替許嘉理感到不值，在一旁看著的我都知道的事，爲什麼身爲他女朋友的人卻不懂呢？

「那天和他重逢後，我想過要認眞地跟他道歉，告訴他我後悔了，想跟他重新開始。」

我猛然抬頭，驚訝地看著她，忍不住說：「妳都做出那種事了，怎麼還能說出這種話！妳到底把許嘉理當什麼了？」

她輕輕一笑，沒有替自己辯駁，停頓了好一會，突然說道：「就像我說的，他很溫柔，再怎麼恨我，他也做不到眞的對我不管不顧。雖然我知道，那只是念在舊情的同情。」

「什麼意思？」

「妳自己去問他吧，我今天來只是想把他基於道義而不願說的事說給妳聽。」

「爲什麼？」

「嘉珵是一個不擅表達的人，很多時候，即使他很在乎也不會說出來。」她的臉上滿是悵然，「我可能只是不想看妳步上我的後塵，和我一樣後悔錯過他的溫柔吧。」

♥

不同於上週一度讓我想要逃跑的課輔時間，這週我可以說是迫不及待，時間一到就準時出現在課輔室。反而是坐在裡面的許嘉珵，在我推開門的刹那，神情中有著掩不住的訝異。

我若無其事地拉開他對面的椅子，無聲地坐了下來。

「我以爲妳不會再來了。」他很難得在我出聲之前率先開口。

「幹麼不來？」約定好的事就要履約，更何況我也想再好好跟他談一次。

「對不起。」

「幹麼說對不起？」

「上次跟妳說那些話，並不是爲了讓妳感到不快才說的。」

「我知道，那些只不過是你的眞心話，以你的立場來說，會那麼想也合情合理。」

「我承認，我確實是那麼認爲的，可……」許嘉理抿著唇，像是在猶豫，過了好久卻什麼都沒說。

我有點失望，但也不想就這麼放過這次談話的機會。

「昨天，你的前女友來找我了。」我稍作停頓，果然又看見他詫異的眼神，「是她主動跟我說你們分手的理由，不是我逼問她的，所以你不能生氣喔。」

「我知道妳不是那種人。」

「那在你心中，我是什麼樣的人？」

我小心翼翼拋出問句，毫不意外，又得到沉默的回應。

我並不氣餒，接著說下去：「她還跟我說，因爲你很溫柔，再怎麼恨她也不會不管她，不過她知道那只是念在舊情的同情。我聽不懂，她叫我來問你這句話是什麼意思。」

安靜了數秒後，許嘉理緩緩開口：「妳打電話給我的那晚，她說她生病了。」

他只說了這句話，我就能拼湊出完整的故事。她利用他無法對她棄之不顧的同情心，裝病讓他待在她身邊，可能連幫他接電話都是故意的。

好老套，卻很有用。

「那接到我的電話時，你是怎麼想的？」我輕聲問，「哪怕一秒鐘的念頭也好，你有想過要來找我嗎？」

「有。」

我開心了大概三秒，三秒後心情又沉了下來。「可是你還是留在她身邊了，這就代表不管怎麼想，你都優先選擇她了。」

「一開始我以爲她是眞的病了才走不開，等到發現她說了謊，又想著估計已經晚了……無論如何，對不起。」

「你爲什麼要說對不起？」

「因爲我可能讓妳失望了。」

「但你並不需要符合我的期望啊。」畢竟我又不是你的誰。

我突然覺得這樣說反話的自己一點都不可愛，明明我是抱著要跟許嘉琞直球對決的決心才來的。

於是，我選擇也對他坦承：「那天我很需要你，也很希望你能來陪我，所以我確實很失望。可更讓我傷心的是，我根本沒有立場叫你來。」

出乎我意料的是，許嘉琞說：「其實我很在意妳那天到底怎麼了，也很在意妳爲什麼會哭。」

「那你爲什麼沒有問我？」

「我問了，妳不想說，我也不能勉強妳。」

「因爲我以爲你打算跟前女友復合了，所以才鬧脾氣啊。眞不懂少女心！」我忍不住抱怨。

他唇邊揚起一絲不怎麼明顯的弧度，「我不是說過了嗎？我不是很清楚怎麼跟女生相處，就前例來看，我的確不太懂女生心裡在想什麼。」

對許嘉理這種人，拐彎抹角應該行不通的吧？所以對於我那天看似不願說、實則希望他追問的心情，他只接收到了我可能不希望他多問的表面訊息。

我們總是期待對方能夠猜出自己沒有說出口的心裡話，卻忘了自己應該也得更加坦承一些。

「你很喜歡她嗎？」我不知道他是否願意和我談論前一段感情，但我很想知道，所以我便坦率地問出口了。

「嗯。」這一次，他正面回答了我的問題，「然而她感受不到，這可能是我當時做得不夠好的地方。」

我心裡有點不是滋味，忍不住追問：「現在呢？你還喜歡她嗎？」

「沒有。」他的回答太過簡短，換作是別人可能會以爲他在欲蓋彌彰，不過因爲他是許嘉理，我知道他說的是實話。

「那我呢？哪怕只有一點，你有沒有一點點喜歡我？」我脫口而出的話，毫無懸念地換來他又一次的沉默。

我緊緊盯著他的雙眼，從中看出了他的動搖，也意識到了一件重要的事——至今，我仍未對他說出喜歡。

因爲他曾經否定過我的心意，我就不敢說出口，可是這明明是我最不該逃避的事。否則，他該怎麼相信我，又該怎麼接受或是拒絕我？

深吸一口氣，我鼓起勇氣對他說：「不管你怎麼想，我還是要告訴你，許嘉理，我喜歡你。你呢？你對我到底是什麼感覺？如果你不喜歡我，你可以直接告訴我，我就不會再纏著你了。」

許嘉理安靜地望著我，察覺到他不再迴避我的視線，我彷彿抓住了一線希望。

良久，許嘉理說：「要說對妳沒有一絲好感，我做不到。我承認我很在乎妳的感受，甚至開始期待能見到妳。」

那他爲什麼要推開我？爲什麼在發現我的情愫時，感覺並沒有很欣喜？

「即使妳對我說這些話，我還是無法確定妳是不是眞的喜歡我，還是妳只是受到『我是妳的舞伴』這個身分影響。」

「喜歡就是喜歡啊！」我著急地想澄清，「我又不是一知道你是我的舞伴就對你有好感，甚至剛開始認識你的時候，還覺得你很冷漠很想揍你……啊，我的意思是，我眞的是在漸漸了解你之後才喜歡上你的。」

許嘉理似是被我給氣笑了，「我知道，我也很想相信妳，可每次只要這麼想，我就會很不安。」

「定義喜歡的理由眞的這麼重要嗎？我認爲喜歡的感覺跟喜歡的契機，這兩者並不衝突啊。」

「對我來說很重要。」他垂下眼簾，移開剛才注視著我的目光，「如果妳的舞伴其實是江閔晨，妳有自信妳不會因此而動搖嗎？」

我頓時僵在原處，驚愕地看著他。

爲什麼許嘉理知道江閔晨？難道他已經知道我當初抽到兩個舞伴的事了？

「你怎麼會認識江閔晨？」

「聽說的。」

「聽誰說的？」

「他跟妳告白的事，應該很多人都有耳聞。」

我眞的要找人暗殺江閔晨……

不過，轉念一想，我精準地抓到他話中蘊含的心情：「你是什麼時候聽說的？所以你才會說出我的心意只是錯覺那番話嗎？」

「我確實滿介意的，所以當時的發言比較情緒化。」他點點頭，承認了。

我居然很不合時宜地因爲他的吃醋而有些開心。

「所以妳好好想想吧，想清楚再跟我說妳的答案。」

「可是我——」我依然不太理解，他爲什麼這麼在意這件事，在意到即使他也對我有好感，仍不願接受我的喜歡。

他打斷我的話：「在那之前，我會等妳的。」

許嘉理堅定的眼神，讓我明白我的答覆對他有多重要。在我想清楚以前，他都不會接受我，甚至不會相信我的喜歡。

和許嘉理談完話當晚，我又帶著酒跑去找沂青訴苦。

「碰」的一聲，我將啤酒罐重重地放在桌上，「我不懂，他爲什麼這麼介意舞伴的事？明明我喜歡他，他也對我很有好感，爲什麼我們不能就這麼在一起呢？」

「妳以前也很介意舞伴的事啊，應該很能理解他在想什麼吧。」沂青很淡定地回話。

「我跟他的在意又不是同一種在意。」

「但你們的在意是相對的啊。」她咬著我買來作爲誘惑她陪我聊天的炭烤雞排，慢條斯理地說著，「妳不能否認妳一開始接近他，是因爲他是妳的舞伴吧？那他因此而懷疑妳喜歡他的原因，不是很合理嗎？」

「可是我跟他解釋過了啊，我一開始對他沒什麼好感，是後面經過相處——」

她打斷我的辯解：「妳換位思考一下，若有個人跟妳說，許嘉理在意妳只是因爲妳離他最近，他又不擅長跟女生相處，相處久了就淪陷很正常。如果把妳換成任何一個女生，他的在意都是必然發生的事情，妳作何感想？」

我努力想像了一下，「那個人爲什麼這麼壞要說這種話啊？」

沂青的表情看起來很嫌棄我的智商，「那個人在想什麼是重點嗎？」

「可是說這種話，會害我陷入自我懷疑耶。」好像我是個可有可無的存在。

「那不就對了？許嘉珵現在就是在自我懷疑。他希望妳是喜歡他這個人，而不是有著舞伴身分的他，他怕如果江閔晨是妳的舞伴，妳喜歡的人就會是他了。」說完她又補刀，「而且他甚至還不知道妳抽到兩個舞伴，建議妳還是在他發現之前先跟他坦白吧。」

「我又不喜歡江……」不知怎麼的，我突然想起我哭到崩潰的那一晚，著急地跑來找我的江閔晨和那個溫暖的擁抱。

「妳話爲什麼不說完？」她眯起眼睛盯著我看，「余依微，妳很可疑喔。」

「什、什麼可疑啦！」我大力地甩了甩頭，想把江閔晨的事從我腦中甩出去，「我說我不喜歡江閔晨！」

「那妳爲什麼說他的名字說到一半，突然就臉紅了？」

「我哪有臉紅！」

她從旁邊拿了一個小鏡子，直接擺到我面前：「這不叫臉紅難道是腮紅上過頭？」

鏡子裡的我，紅撲撲的雙頰根本騙不了人。

「我覺得我完了。」我趴在桌上，不敢直視她。

「這句話還眞是久違了。」

「我好像有一點當渣女的潛力，我學壞了。」爲什麼我會在喜歡許嘉珵的情況下，因爲想到江閔晨而臉紅啊？

剛結束位於會計系館的課，緊接著的上課地點在教學大樓。於是我、沂青和李晟凱三人抱起厚重的原文書，要在短短十分鐘內趕往與系館相距好一段路的教學大樓。

走到一半，我和沂青不約而同地打了個哈欠，之後默契十足地相視而笑。

「妳們兩個爲什麼同時打哈欠？昨天沒睡好？」走在沂青右側的李晟凱探頭詢問。

「昨晚開了姊妹談心會。」

「喔？聊了什麼？我也要聽。」

「你又不是姊妹，憑什麼聽？」我朝他做了個鬼臉。

李晟凱不滿地抗議：「妳們這是排擠。」

「就是在排擠你啊，有意見？」

他張開嘴，剛準備回嘴，突然像是看見了什麼，鬼鬼祟祟地跑向旁邊的小花圃。

我好奇地跟了過去，問道：「你在幹麼啊？」

「噓！」他回過頭叫我小聲一點。

我趴在他的背上，透過樹叢縫隙探頭探腦地觀察著。

「這是在幹麼？」沂青也跟了過來。

「問李晟凱。」

「妳們看，那個人是不是江閔晨？」

聽到關鍵字，我瞇著眼看向李晟凱指的方向，只見江閔晨跟一個女生有說有笑。

背對著我們的那個女生，留著一頭柔順好看的長直髮，腿有夠細長，就是那種典型的韓國女團腿。

「嘖嘖嘖，那個腿眞的很可以。」李晟凱忍不住讚嘆。

「呵，男人。」我用鄙視的眼神看著他，「你看江閔晨那個笑容，嘴角都快笑裂了吧？」

「吃醋了？」

「放屁！」

「你們兩個嗓門再這麼大，很快就會被發現了。」沂青靠在我的背上，饒富興味地說著，也不知道她到底在看江閔晨把妹，還是在看我跟李晟凱鬥嘴。

這個距離雖然聽不清他們在說什麼，我還是能從面部表情、肢體互動感受出他們之間的熟識程度。江閔晨雙手插著牛仔褲的口袋，忽而將上半身前傾，露出我非常熟悉的壞笑，似乎在調侃那個女生，她隨即伸出手捶了一下他的肩膀，兩個人打打鬧鬧的，氛圍看起來……

「好甜蜜啊！」李晟凱把我心中所想的話說了出來，「那個女生是誰啊？」

「看我幹麼？我哪知道？」我有點不是滋味地咕噥著。

原來江閔晨不只有在我面前才會露出愛欺負人的一面啊。這個臭豬哥！還說什麼只有我知道他的眞面目，都是騙人的。

我不禁懷疑，他之前跟我表白時所說的那些話，其實也都是在耍我。

「該不會是因爲妳遲遲不答應江閔晨的告白，那個女生趁虛而入治癒了他受傷的心，所以就……」李晟凱開始編寫劇本。

我一把勾住他的脖子，「關我什麼事？你不要把我扯進去喔。」

「痛痛痛！」他一邊哀哀叫，一邊掙扎著。

下一秒，李晟凱重心不穩地往旁邊一摔，原本趴在他背上的我也沒來得及站穩，跟著摔倒。

過大的聲響吸引了不遠處兩人的注意力，場面頓時變得非常尷尬。我趕緊把頭面向李晟凱的背，試圖遮掩自己的臉，暗自祈禱江閔晨沒有認出我。

「李晟凱？」他的確沒有第一時間認出我，但認出了李晟凱，然後他透過李晟凱也認出了我，「小微？」

我眞的很想馬上鑽進地洞裡。如果沒有地洞，我自己挖一個。

「余依微，妳打算壓著我多久？」李晟凱咬牙切齒地對我說。

「還不快站起來？江閔晨走過來了。」反應最快沒有摔倒的沂青，用只有我們聽得見的音量提醒著，並伸出手要扶我。

我一手捂著臉，用空出來的另一隻手借著她的力站了起來。

「妳說我現在逃跑來得及嗎？」我小聲地問沂青。

她狠心地答道：「來不及了。」

「你們在幹麼？」江閔晨的聲音從右前方傳來。

「問李晟凱。」

「問小微。」

我跟李晟凱同時推卸責任。

江閔晨突然把我放在臉上的那隻手拉開，「幹麼一直捂著臉？撞傷了？」手一被挪開，迎接我的就是打量著我的江閔晨，還有跟在他後方的神祕女生。一看見她，我便立刻甩開江閔晨的手。

「江閔晨，我先走了，下次再聊吧。」她微微一笑，朝我們點頭致意，轉身離去。

我皺了皺眉，不明白江閔晨爲什麼還傻站在這，「你不去追人家嗎？」

「妳說的『人家』是誰？」

「就是……算了，我懶得管你的事。我們還有課，也準備走了。」我拍了拍褲子上沾到的塵土，打算故作鎮定地逃跑。

「等一下。」江閔晨勾住了我的臂膀，「你們先走吧，我跟小微有事要聊。」

「我才沒有事要跟你聊。」我試著掙扎，卻怎麼也掙脫不開他的手。

江閔晨很無賴地對我說：「可是我有。」

「好喔，你們慢慢聊。」沂青說。

「小微妳別擔心，我們會幫妳占位子的，好好聊啊。」李晟凱揮了揮手。

他們又一次見死不救，把我丟給江閔晨。我眞的覺得自己誤交損友。

目送著他們二人逐漸走遠的身影，江閔晨強迫我轉過身，面對著他。

「所以你們在幹麼？」

嘆了一口氣，我說：「你問錯人了，應該去問李晟凱才對。」

「我比較想問妳。」

怕他囉哩囉嗦會耽誤我上課，我放棄掙扎，全盤托出：「他走一走突然躲起來偷看，我跟沂青只是湊熱鬧而已。」

「偷看？我跟朋友講話有什麼好看的？」

「我哪知道。」我撇了撇嘴，「朋友？你居然還有知道你眞面目的朋友？」

「啥？什麼眞面目？」他還在裝傻。

「你平時的形象不都是陽光王子嗎？剛剛還捉弄人家漂亮妹妹。」

他挑了挑眉，過了兩秒後，忽然喜上眉梢：「余小微，妳在吃醋嗎？」

「我又不喜歡你，幹麼吃你的醋！」我翻了個白眼，「我只是發現你跟我告白果然又是在耍我，還說什麼只讓我看見眞實的一面？男人的嘴，騙人的鬼。」

江閔晨笑了笑，微微蹲低，讓視線跟我平行，「誰說一定要喜歡對方才會吃醋？妳這樣就叫吃醋。」

我眨了眨眼，一時沒聽懂他前一句話的意思。

「雖然妳說妳不喜歡我，但妳會吃醋就代表妳多少還是在意我的。」

「我沒有。」我別開臉。

「妳要是好奇剛剛那個女生是誰，我可以告訴妳，她是我抽到的舞伴。」

聽見這句話，我驚愕地轉頭看向他。

她就是那個當初頻頻邀請江閔晨去參加舞會的正牌舞伴？原來他們一直有在聯絡，而且還很熟，熟到江閔晨在她面前也可以不用僞裝。

對了，我好像從來沒問過他最後到底有沒有去參加舞會。

見我不說話，江閔晨不知道爲什麼又笑了：「妳還有什麼想知道的，都可以問我，我會一五一十告訴妳。」

「我沒有想知道的。」咬著唇，我把所有疑惑統統壓回心底。

「妳不好意思問，那我自己說吧。」

「我才沒有不好意思——」

「我沒有跟她一起去舞會，事實上我也沒去舞會。我那天是眞的想著，妳如果想參加我就陪妳去，才會打電話給妳。」他聳聳肩，自顧自地開始說，「其實她也沒有一直約我去舞會，我就是騙騙妳，讓妳緊張一下而已。」

我瞪大了雙眼，「爲什麼？」

「妳在問哪一句？」江閔晨不禁失笑，「她對男人沒興趣，她喜歡的是女人，這樣可以解釋爲什麼了嗎？」

啊？我覺得我的大腦處理器又跟不上進度了。

「妳剛剛是不是問我，爲什麼在她面前不怎麼僞裝形象？舞伴名單公布後，她直接跑來找我，跟我表態她不是異性戀，叫我別約她去舞會。她話都說那麼白了，我在她面前隨意一點也無可厚非吧？」

我有問的、沒有問的問題，他都一併向我解釋了，也不管我到底想不想聽。

「最後一件事，妳不是懷疑我的告白只是在耍妳嗎？那我現在再說一次，妳聽好了。」江閔晨將手掌放在我的頭頂，不讓我有機會轉頭迴避他的視線，「雖然妳每次都懷疑我是在整妳，我也確實常常整妳，但只有這件事不是。

「余依微，我喜歡妳，千眞萬確地喜歡妳。」他突然湊到我耳邊，近得我的耳朵都能感受到他的鼻息，癢癢的，還有種酥酥麻麻的感覺，「哪怕妳只有一瞬間的動搖，也選擇我吧！我不介意當那個喜歡得比較多的人。」

在那一瞬間，我竟然不爭氣地有些心動。

「我是壞女人。」掩著臉，我羞憤地向沂青告解。

「妳想多了，以妳這個智商，絕對沒有當壞女人的本錢。」她毫不客氣地吐槽，讓我一時不知道該開心還是該生氣。

不過我正忙著自我嫌棄，沒空回嘴，「許嘉珵的顧慮是對的，我就是那種渣女，即使喜歡著他，還是會對別的男生心動的渣女！」

「你這麼說就太抬舉渣男渣女這個群體了。」

「可是，有人會同時對兩個人有感覺嗎？」我頹喪地趴在桌上。

「這個問題妳應該去問問阿駱，他就能。」

「妳不用爲了安慰我就自揭傷疤啦。」我抬眼看向沂青，沒想到她已經能面不改色地提起阿駱學長了。

「別擔心，能稀鬆平常地提起他，比刻意迴避要好很多。」

「妳跟阿駱學長還有聯繫嗎？」這幾天都忙著煩惱自己的愛情，再加上沂青從自述失戀的那天起，就很少再表現出她的脆弱。我也不想勉強她跟我傾訴，以至於我也有一段時間沒有詢問她的感情狀況了。

「後來，我孤注一擲，把我的感情統統說出來，告訴他這是我最後一次試著抓住他。如果他還是不要我，等那堂通識課結束後，就當彼此是陌生人。」見我正訝異地看著她，她露出有點歉疚的神情，「抱歉啊，沒有事先告訴妳，妳不用擔心，他拒絕我了。」

「我不是擔心這個……好啦，我承認，是有點擔心又發生什麼擦槍走火的事，可我同樣也很擔心妳，眞的！」我趕忙解釋，就怕她誤會我只站在小曦學姊那邊。

「妳別緊張，我懂妳的意思。」沂青輕笑，「沒有事先跟妳說，也是怕妳夾在我跟小曦中間左右爲難。」

其實這樣也好，不知者無罪，我是事後才知道的，就不用承擔那份對小曦學姊知情不報的愧疚感。

「所以我這邊的事可以算是告一段落了，妳也別拖太久，該面對的事就好好面對，否則只會傷害對方，就像阿駱那樣。」

「我不是不想面對，只是我自己也還沒想清楚。」我滿面愁容地看著她，希望她能給我一點暗示。

「別看我，這種事妳得自己找出答案。」她伸出食指，推了推我的額頭，「一個人的心就這麼小一顆，哪裝得下兩個人？妳終究會明白自己的心偏向誰。」

「要是在我想清楚前，他們也跟妳一樣等不了怎麼辦？」

沂青莞爾：「那妳就試著想想，誰離開妳，妳比較不能接受就好了。」

我原本是想著，不再插手沂青和小曦學姊他們三人之間的事，畢竟我自己的事都一團糟了。

沒想到，學姊居然透過訊息發來了見面的邀約：「小微，妳這兩天有空嗎？快期中考了，我準備了歐趴糖想送給妳。」

直屬學長姊在考前贈送「歐趴糖」給學弟妹，祝福我們All Pass，一直都是系上的傳統。

上學期我就從小曦學姊那裡收到一大包歐趴糖，甚至不能用糖來形容，小蛋糕、餅乾、糖果應有盡有。大家都說我運氣眞好，能抽到那麼好的直屬，她也一直都是我引以爲傲的學姊。

然而，好一陣子沒見，我發現學姊看起來消瘦了不少。

「學姊，妳還好嗎？」我擔憂地詢問她的近況。

「我怎麼了嗎？」她淺淺一笑，溫婉的笑容背後藏著一抹淡淡的憂愁。

「妳感覺很不好。」我直言道，「看起來瘦了好多，可是妳又不胖，爲什麼要減肥？」

「哈哈哈，我沒有減肥啦，就是最近胃口不太好。」

我小心翼翼地試探：「是因爲心情不好嗎？學姊，妳跟阿駱學長現在還好嗎？」

「我們還在一起，這樣應該算好吧……坦白說我也不知道。」她用吸管攪拌著手裡的飲料，看起來若有所思，「我還是很愛阿駱，不想跟他分開，也不想結束這段感情。只是有時候看著他，我心底總會冒出一個疑問，他的心到底有多少部分還在我身上呢？」

「學姊，沂青跟我說了，她跟阿駱學長攤牌，要他做出選擇，不過學長拒絕沂青了。所以我認爲，他還是很重視妳。」

我原本想告訴她，學長應該還是愛她的。但是「愛」這個字的分量太重，我一個外人沒有資格替他表述，而「喜歡」這兩個字對她的痛苦來說，卻又無足輕重。

「重視嗎？」她輕笑出聲，「我有看到沂青傳給阿駱的訊息……他一直是這樣坦蕩的態度，連試圖藏一下的想法都沒有。哪怕他有些心虛的表現，都能替我添一分質問的勇氣，有時候我真的很討厭這樣的他。」

「學長知道妳看到訊息了嗎？」我還是不懂爲什麼質問男友非得有證據不可，身爲女友的她覺得不舒服，這樣不就有足夠的底氣了嗎？

小曦學姊搖了搖頭，「我沒有告訴他，我就是默默地讀了，再默默地把手機放回去。」

「妳要猜測阿駱學長的心態，他可能也在猜妳到底知不知道沂青的事，你們兩個不累嗎？」

「我有時候也覺得累，可是每每想問他時，害怕的感覺就會湧上心頭，還會有一個聲音告訴我，叫我維持現狀。反正阿駱也沒有眞的做出對不起我的事，而且他最終的選擇仍然是我，不是嗎？」

小曦學姊跟阿駱學長的感情眞的有夠複雜，我忍不住想。

「小微，妳不用替我擔心啦，是我自己心甘情願當鴕鳥，所以我很好……」她停頓了幾秒，又笑了笑才接著說下去，「就算現在看起來沒那麼好，以後也會變好的。哪對情侶不會經歷點波折？我跟阿駱都在一起這麼久了，想繼續走下去，就得克服這些困難。」

我抿著唇，不知道該說什麼好，我怎麼聽都不覺得這樣會幸福，然而感情這種事，如人飲水，冷暖自知。

學姊看起來不太想再深究自己的選擇正確與否，話鋒一轉：「別只顧著說我的事了，妳呢？有好好向舞伴傳達妳的想法嗎？」

「算是有吧。」這次換我邊說邊攪拌飲料了，彷彿這樣就能將打結的思緒解開。

我將許嘉理對我的誤會、說會等我的話，以及我對江閔晨改觀，甚至在某些時候對他有點心動的事，統統告訴小曦學姊。過程中，她都只是安靜地聽著，並沒有打斷我，也不再像以前那樣，很快就給出建議。

好不容易對她坦承我內心最醜陋的想法後，我如釋重負地抬起剛剛一直低垂著的腦袋，「好了，學姊，妳可以罵我了，我知道我這樣眞的很不應該！」

她不禁笑了出來：「以前我可能會念妳兩句、要妳趕快做出選擇，但經過阿駱和沂青的事情後，我對於愛情的看法已經不那麼絕對了。阿駱都能在有女友的情況下，對另一個女生有微妙的情感，單身的妳會有這樣的想法也無可厚非啊。」

學姊怎麼跟沂青說了差不多的話？

「而且啊，我可能還得修正一下我自己說過的話。」

「嗯？」

「我說過，舞伴系統分析出來的結果不會有錯，可事實證明，數據沒能算出來的事情太多了，特別是人心。」她望向窗外的馬路，滿臉都是落寞，「我想我以前之所以那麼相信舞伴系統，或許是因爲我太喜歡阿駱了，我想相信他就是我的命運，所以才會擅自將我們之間的種種統統解讀成命中注定。可是『命定之人』爲什麼會中途分心呢？『最高的幸福機率』又爲什麼會包含這麼令人心碎的事？現在想想，我當初眞不該跟妳說那些不負責任的話，灌輸給妳過於草率的想法。」

我呆呆地看著她，沒想到一向篤信舞會傳說和舞伴系統的小曦學姊，會將自己從前所相信的事盡數推翻。

「小微，我想告訴妳的是，不要過於依賴數據，也不要讓舞伴這個身分影響妳的感覺，妳只要考慮自己的情感就好了。系統可能會出錯，數據或許有算不準的部分，唯有妳的心不會騙妳。」

♥

由於一向鼓勵我相信舞伴分析結果的小曦學姊，再也給不了我相關建議，我只能轉而尋求罪魁禍首……我是說負責管理這個系統的學生會的幫助。

姜祈已經很習慣我每次找他都是爲了這方面的事，一收到我的訊息就猜到我想聊什麼。

我其實搞不太懂爲什麼麻煩他的人是我，但請客的人都是他。他看起來不以爲意，總是說著自己身爲學長，請客是應該的，而後拒絕我遞出去的錢。

「你每次請我吃東西，都是在付封口費嗎？以防我將抽到兩個舞伴的事洩漏出去，讓學生會沒面子。」坐在高級咖啡廳，看著眼前一份接近三百元的千層蛋糕，我很猶豫自己到底能不能理直氣壯地被請客。

「我這是在付觀賞費。」

「什麼？」

「想聽有趣的故事，親眼看見當事人的反應，不是得付點聆聽費或是觀賞費嗎？」

「……你把我當搞笑影片看？」

「妳不也把我當舞伴系統說明書嗎？」姜祈笑了笑，「所以放心地吃吧，吃到賺到，想吃還可以再點。」

我的心情很複雜。吃了感覺就得認命地演搞笑實境秀給他看，但貴得要死的高級蛋糕放在眼前，有不吃的道理嗎？

我叉起一口蛋糕放進嘴裡，閉上眼睛感受新台幣堆砌出來的美味。

等我張開眼睛，姜祈正笑臉盈盈地看著我，「不愧是吃播主，吃口蛋糕的表情都這麼豐富，看妳吃東西總是很美味的樣子。」

「啊？」我瞪大雙眼，「你爲什麼會知道我是吃播主？」

「我看到學校論壇那篇爆料文了。」他先喝了口咖啡，才慢條斯理地回應我，「也順手把文章刪了。」

「是你刪的？爲什麼你能刪文啊？」論壇討論區不是學生會管的吧？

「再怎麼說我也是學生會長啊，不能直接刪文，也能找IT處理一下。」

我目瞪口呆，這算不算公器私用啊？不過無論如何，還是幫了我大忙。

「謝謝你。」

「不用謝，不讓學妹白白被欺負，不是學生會長的職責嗎？」

「最好有學生會長會做到這個地步啦。」我吐槽道，但內心滿感動的。

姜祈笑著說：「那妳就當這是認識學生會長的特權好了。」

我突然覺得，雖然這個舞會傳說把我的感情搞得有點混亂，然而能夠因此認識姜祈眞的很幸運。

現在想想，我好像滿有學長姊緣的，直屬學姊待我如親妹妹，又遇到一個像哥哥般可靠、動不動就餵食我的姜祈。

「所以妳這次又怎麼了？跟舞伴發展不順利嗎？」

「順，也不順，你就當太順了以至於只有順一半好了。」我低頭猛吃了幾口蛋糕，掩飾我的心虛。

「妳在說什麼？」

我放下叉子，認眞地望著他，「你可以告訴我，舞伴系統的可信度有多高嗎？」

「怎麼突然這麼問？」姜祈沒有正面回答。

「我好像對當初抽到的兩個舞伴，都有不太一樣的感覺。我覺得自己好壞，比起吃播的事，這件事才更應該被罵上校板吧。」扭扭捏捏了好久，我還是對他說了實話。

「妳本來不是很討厭那個江閔晨嗎？而且不是對妳的舞伴有好感嗎？」他困惑了一下，「我太久沒跟進度，總感覺錯過了很多事。」

「唔，簡單來說，我的舞伴懷疑我會喜歡他全是因爲他是我的舞伴，中間又發生了一些事……總之，在我最需要人陪的時候，趕來的人是江閔晨，我好像就沒那麼討厭他了，甚至會在某些瞬間對他有一點點心動，就只有一點點喔！」唉，最後這句話怎麼聽都像在欲蓋彌彰。

姜祈沒有點破，只是說：「所以妳才會問舞伴系統到底準不準確，想讓系統幫妳做決定？」

「不、不是啦，我只是很迷茫，每當我相信系統，就會出現打臉我的事；但每當我決定不相信了，又會出現讓我想相信的事。」

比方說取笑我的江閔晨，以及即時出現在舞會現場的許嘉珵，還有在那之後逐漸熟識的我們。

「我之所以這麼相信舞會傳說，也是因爲認識的學長姊因爲舞會而相識相戀。我一直都很羨慕他們的感情，可是他們的感情卻出現了變數，我現在是眞的不太清楚這個系統到底值不值得信任了。」我盡量講得簡明一點，「如果舞伴之間的相戀機率，並不如我和學姊想得那麼準確，那我對於許嘉珵的情感到底是不是眞的？還是我只是跟學姊一樣，太想相信那就是命運，才會穿鑿附會？」

姜祈耐心地等我說完後，才露出理解的微笑，「小微。」

「嗯？」

「妳之前不是問過我，相不相信舞會傳說嗎？」

我回想了一下，「我記得你當時說，只要我相信，它就是眞的。」

「那只是不想正面回答妳的說詞。」他聳聳肩，「事實上，我不相信，無論是舞會傳說還是舞伴系統，我都不相信。」

「什麼？」我既慌亂又不知所措，「你不相信？爲什麼？你又爲什麼不跟我說實話？」

「再怎麼說我也代表學生會，學生會長不相信學生會推行的活動，這樣傳出去不太好吧？至於妳問爲什麼，原因很簡單。」他換上了我總是捉摸不透的笑容，「妳仔細想想，不覺得這個系統少了很多要素嗎？

「就好比說，放進系統裡配對的人選就只有一年級的學生，就算放入了研究生，樣本數也根本不夠多，而且還沒考慮到每個人的性取向。妳覺得存在著這些漏洞的系統所演算出來的結果，眞的能代表命運嗎？

「舞會傳說跟舞伴系統都不是我發明的，我只不過是遵循著學生會的傳統在執行這件事。有傳說就有相信傳說的人存在，就讓這個平衡維持下去也沒什麼不好。當然，最主要也是因爲我討厭麻煩的事，從沒想過要澄清什麼。」

「你還不如不要告訴我呢。」我想罵人但不知道從何罵起，只好頹喪地趴下，「事到如今才聽你說這些，我只覺得相信這個系統的自己眞的很蠢。我還跟許嘉瑆說什麼，被分配在一起的兩個人或許有特別高的相戀機率。」

「說這些不是要嘲笑妳，妳別誤會。」姜祈睵起眼對著我笑，「我想說的是，既然這個系統本身並不完美，妳就不需要過多地受它影響，只要把配對結果當成是種相識的契機就好了。無論是他們之中的誰，和妳的相戀機率都是百分之五十，不也挺高的嗎？」

「百分之五十？」這又是哪裡冒出來的數據？

「是啊，相戀或者不相戀，只有這兩種結果，不就是百分之五十的機率嗎？」

「什麼嘛！」

「我不是跟妳說過了嗎？妳只要考慮妳的喜歡就行了，不用想那麼多。」

我努努嘴，對他的回答不太滿意：「問題是我搞不懂我的喜歡到底指向誰啊。」

「這題妳得自己找出答案，沒人能告訴妳，不過要我說的話……」

「嗯？」

「如果妳真的選不出來，也可以考慮選我。」他莞爾一笑。

我愣了愣，過了幾秒才意會過來他應該是在逗我，也忍不住笑了，伸手推了推他放在桌上的手臂，「哈哈哈，你在開玩笑吧？」

「或許是吧。」姜祈揚起了嘴角，笑容裡帶著少見的溫柔。

第九章

每個人都告訴我，我得靠自己找出答案，也只有我能得出正解。

我覺得他們都高估我的智慧了，我可是解數學題時，常常使用暴力破解法的人，怎麼會指望我很快就能參透這麼複雜的問題？

但秉持著笨方法只要有用還是能成大事的想法，我決定給江閔晨一次機會，約他週末一起出去玩！

既然要從許嘉理和江閔晨兩人中做出選擇，那就要盡可能把能對照的元素擺放在一起，才比較能看出差異。而且比起對許嘉理是有確切的好感，江閔晨對我來說簡直是塊未知領域，所以我想藉此確認自己對他的感覺。

打電話約江閔晨的時候，為避免他太臭美，我給出的邀約理由是——做實驗。

「那我是對照組還是實驗組？」沒想到這麼含糊不清的說法，他還是看透了。

「你是再囉嗦就要被我揍的那一組。」我凶巴巴地對他說，「就一句話，明天去不去？」

「妳約我，我當然去啊。」江閔晨的笑聲清晰地從電話那頭傳了過來，「可是小微，妳這語氣到底是約我去約會，還是約我去打架？」

「都不是！不過我還沒想好要去哪，想到了再發地點給你。」用約會這個詞來形容，對我來說還是有點彆扭。

「幹麼分開去？我去載妳，再一起去不就好了？」

「我能自己去，幹麼要你接？」

「不是約會嗎？而且我可是實驗對象，要好好表現才行啊。」他理直氣壯地答道。

我剛想否認那是約會，卻被他強硬的一句「明天十點我去妳家樓下接妳」給蓋了過去。

才不是約會！就只是做實驗而已！我不斷說服自己。

隔天早上十點，江閔晨準時傳來一則訊息，說他已經在我家樓下了。

我慌了，因爲我還呆呆站在鏡子前不知道該穿什麼衣服。我不想太過精心的打扮，不然就顯得今天好像眞的是約會了。可是也不想穿得太邋遢，江閔晨的外型很難不引人注目，我不想聽到「走在帥哥旁邊的女生怎麼這麼普」這種閒言碎語。

最後，我選了白色T恤和吊帶牛仔短褲的搭配，隨性不失朝氣，又不會太過刻意。

一走下樓，就看見帥帥地斜靠在機車旁的江閔晨，他正低著頭滑手機，注意到我走近，抬頭對我露出燦爛的笑容。

太亮眼了，我覺得我快瞎了。

我努力板起臉，沒想到他突然來了一句：「打扮得這麼可愛，妳確定今天不是約會？」

「可愛？我這不是很普通的衣服跟褲子嗎？」

江閔晨將安全帽遞給我，一邊對我說：「喔，或許可愛的是妳，不是衣服吧。」

「我已經對你說這種話免疫了。」

「試圖幫自己加分失敗了嗎？」他不以爲意地笑了笑，「好啦，想好去哪沒？」

我搖搖頭，昨晚煩惱了很久，在想到一個合適的出遊場所之前，我就先睡著了。

「妳跟妳的舞伴上次去哪？」江閔晨問道。

「電影院。」

「那我們就去看電影吧！既然要做實驗，盡可能控制變因，不是更容易得出結果嗎？」

除了決定出遊地點以外，江閔晨基本上都把選擇權留給我，不管是看哪部電影、場次、位子都讓我作主，只有在付錢這件事上跟我意見分歧。

「約會讓男生付錢不是天經地義嗎？」

「才不是，ＡＡ制才是天經地義，本來就沒有誰應該幫誰付錢。」我義正嚴辭地對他說。

「妳跟他上次約會也是ＡＡ制嗎？」

「上次是他付的錢，可那是因爲我們打賭了！」

「余小微，妳是不是很不想欠我啊？」江閔晨笑咪咪地問我，「怕我下次跟妳討回來？」

是，我是不想欠他，但並不是怕他跟我討回來，而是怕要是我拒絕他，這種虧欠的感覺會讓我有心理負擔。

見我沒有回答，他大概當我默認了，「妳就按著妳舒服的方式來吧。」

我小心翼翼地觀察他的表情，怕他察覺我的心思。

「既然這件事聽妳的，那另一件事聽我的吧！我們先去吃飯，晚點再看電影。」

「為什麼？再過半小時就有場次了耶。」

「妳不是從起床到現在都沒吃東西嗎？我可不想看妳暈倒。」他不由分說地催促我改買兩個小時後的場次。

「才不會。」

江閔晨微微蹲低，在我耳旁輕聲說：「妳要是因為低血糖而暈倒，我可不敢保證自己不會趁機偷襲妳喔！」

此話一出，我立刻乖乖地買後面的場次。

午餐我們是在一家義式餐廳吃的，就像上次在蛋糕店一樣，江閔晨把我猶豫不決的幾樣餐點統統點了。

看起來十分美味的明太子粉紅醬義大利麵、地瓜起司披薩和紅酒牛肉焗烤飯一一被放上桌時，我默默決定原諒江閔晨的一切欠揍行為。

「地瓜跟披薩真的搭嗎？」

「焦基搭，焦乎你想像滴搭。」我嘴裡的義大利麵還沒咀嚼完，說起話來都有點含糊不清。

江閔晨被我逗笑了，「又沒人會跟妳搶，不能吃完再說嗎？」

「我說，超級搭，超乎你想像得搭。」把食物吞了下去，我重述了一次，「我怕你對地瓜披薩產生誤會，才急著解釋。總之，你快吃吃看！」

經不起我一再催促，他拿起一塊披薩，嚐了一口後說：「嗯，真的滿好吃的，果然提到吃的還是妳專業。」

聽到我的專長被認可，我不禁開心地笑了。

「欸江閔晨，你爲什麼會知道我就是Only Eat啊？」

不同於我很沒氣質地邊吃邊說話，他將食物吞咽下去後才回答我：「通識課第一次上課前，我不是看到妳在看吃播影片了嗎？我在那之前其實不知道什麼是吃播。回家上YouTube看了幾個吃播影片，總覺得那個吃播主跟妳有點像，就把妳找出來測試一下。」

「但很多人不太能接受吃播影片裡嚼東西的聲音，你怎麼看得下去？」

江閔晨聳肩，「我沒特別喜歡，但也不到不能接受，只是好奇妳在做什麼而已。」

「啥？」

「這很好理解吧？因爲我那時候就很在意妳啊。」他說得臉不紅氣不喘，反而是我得藉由低頭吃飯來掩飾緊張。

一邊吃著焗烤飯，我一邊思考，如果當時系統重跑之後，選出來的舞伴是江閔晨，現在會怎麼樣？

我跟許嘉珵還會有深入認識的機會嗎？我是不是就不會對他產生不一樣的感情了？那我跟江閔晨又會有什麼樣的發展呢？

我忍不住輕聲詢問：「欸，江閔晨，如果當初舞伴系統說你才是我的正牌舞伴，你覺得會怎樣啊？」

「就算是這樣，我應該還是從一開始就會覺得妳很蠢吧？」江閔晨放下叉子，單手托著腮看我。

我臉色一沉，瞪著他：「早知道就不問你了，你根本是故意要氣我！」

「我哪有？我很認眞回答欸。」他擺出無辜的表情，「我不想說什麼漂亮話騙妳，所以可以明確告訴妳，就算再重來一次，我還是會整妳，跟我到底是不是妳的舞伴無關。」

聽到江閔晨這麼回答，我突然覺得，或許他是我身邊少數眞正不受到舞會傳說任何影響的人。

按捺住脾氣，我又問：「那對於舞伴系統，你到底是怎麼想的？如果感想還是只有很蠢，那你就別說了。」

他笑著說：「妳都這麼認眞地問了，我才沒有這麼壞，這種時候還取笑妳。而且這應該是今天的評分環節中，很重要的一項吧？

「我不相信莫名其妙的傳說或是機率，我只相信自己的感覺。」江閔晨說話時，視線始終緊鎖在我身上，好像從剛認識開始，他就一直是這麼做的，「這也是爲什麼我覺得舞會傳說和舞伴系統都很蠢，我才不會把自己的感情跟喜好寄託在這種事情上。」

飯後的那場電影，果不其然又和上次一樣，我根本無法專心欣賞。

我想了想，我之所以對江閔晨改觀，是從上次網路霸凌事件他衝來我家陪我開始。難道這就是所謂的吊橋效應嗎？他在我最無助時趕到，所以我才變得在意他，甚至偶爾因他而動搖？

如果趕來的人是許嘉珵，我對他的喜歡是否就能更意志堅定一些？

有好多好多的如果，我無從回答起，也不知道該從何找答案。

看完電影後，見我變得有些沉默寡言，江閔晨可能以爲我累了，便提議送我回家。把我載回我家樓下後，看到我因爲腿太短而笨手笨腳下車的模樣，他笑著扶了我一把，而用腦過度的我只是呆站在那，愣愣地看著他。

於是江閔晨就擅自幫我解開扣環、拿下安全帽，還順手替我整理了一下被壓亂的瀏海，「妳是玩累了的小朋友嗎？怎麼看起來這麼呆？」

我不理他，只是盯著他的臉說道：「江閔晨。」

「嗯？」

「如果啊，我是說如果。」我咬了咬唇，猶豫了一會才接著說下去，「如果我最後還是拒絕你的告白，你會怎麼樣？」

「這是在給我打預防針嗎？」他看起來並沒有很受挫，至少表情上看不出來，「我還是會繼續喜歡妳，喜歡到我不再喜歡爲止。」

這個回答乍一聽好像很有深度，但一經細想又不太對勁。

「你這不是廢話嗎？」我不滿意地抬眼瞪他。

「可是事實就是如此啊，總不能要求我一被拒絕馬上就不喜歡妳吧？」江閔晨露出爽朗的笑容，「如果妳選擇了另外一個人，那我能做的就只有等待自己不喜歡妳的那一天啊。」

這次的實驗以我仍未能理清自己的想法而以失敗告終。

怎麼感覺最清晰的反而是江閔晨的想法？我眞的很羨慕他這種直進式的思考模式，也很佩服他的果斷。

回到家沒多久，我就收到許嘉理傳來的訊息，他說課輔時間的約定先暫停兩週，因爲馬上就是期中考週了，他叫我先專心念書，別想太多。

「你是不是覺得現在見面很尷尬？」我忍不住回了這樣的訊息。

若不是因爲尷尬，他怎麼會在我們把話說開的幾天後就做出這樣的決定？

許嘉理回訊息的速度也很快，像是怕我誤解一樣：「不是，我只是想給妳一點空間。」

其實有時候我反而希望許嘉理能不要這麼體貼，不要留給我太多空間，還不如逼我逼得緊一點，好讓我感受到他很想將我留在身邊……不過，這樣就不太像許嘉理的作風了。

這則訊息讓我意識到，下次再見面，就是我該給出答案的時候。屆時，可能就再也沒辦法回到原來每週一次、那專屬於我們的課輔時間了。

♥

期中考前一週，很多老師的教學進度都提早完成了，多半會提早下課讓我們回去自己複習。今天下午的課只上了半小時就下課了，特地出了門卻只在外面待半小時就要回家的感覺很空虛，於是我、沂青和李晟凱就決定一起去吃甜品，作爲考前的紓壓活動。

「妳跟江閔晨不是去約會了嗎？結果怎麼樣？」才剛從櫃檯端回三人份的甜品，李晟凱的屁股都還沒坐到椅子上，就迫不及待地詢問我週末出征的戰果。

小心翼翼地將冰豆花端給沂青，再拿了他那碗仙草凍，之後他就把我的綜合粉圓連著托盤很隨便地推給我。

「你現在對我已經這麼不用心了嗎？」我痛心疾首地向他抱怨。

「想要被人寵著，妳得找江閔晨或是許嘉理。」李晟凱理直氣壯地答道，而後他又問了一次：「所以約會怎麼樣啦？」

「才沒有約會，是做實驗。」我嚴正否認，「實驗失敗了，沒有得出任何結果。」

「江閔晨也太沒用了吧？到現在都沒辦法讓妳有心動的感覺？」

「問題就是出在心動啊！如果對他毫無感覺，我早就能給許嘉理答覆了。偏偏他一直在我旁邊竄來竄去，我又被他影響，所以我才這麼煩惱。」我喝了一口甜甜的紅豆湯，頓時感覺自己被治癒了，「我以前怎麼都不知道下課後的甜品這麼好吃？」

「因爲妳以前都忙著拍影片，或是正在爲了減肥忌口。」沂青說。

「對啊，以前下課約妳都約不到。」李晟凱附議。

唉，總覺得我爲了經營吃播頻道，錯過了好多小確幸。趁這段放假的時間，我要把沒吃到的都補回來！

「可是小微，如果妳眞的喜歡許嘉理，爲什麼還會被江閔晨影響啊？」

「我也想知道。」

「我覺得妳現在已經沒有那麼喜歡許嘉理了。」李晟凱很明顯在站隊。

「你是不是比較喜歡江閔晨？」我白了他一眼。

他毫不猶豫地點頭，「許嘉理是初會課助教，看見他，我就覺得要考試了，如果妳跟他在一起，不就會常常喚醒我深層的恐懼嗎？」

「這是重點嗎？」我眞是服了他的腦迴路！

享用完甜品後，因爲晚點李晟凱還有別的事，我和沂青就結伴一起走路回家。

「沂青，妳跟李晟凱是不是有什麼事沒告訴我啊？感覺你們之間的氛圍不太一樣了。」我藉機試探她。

雖然他們本來就是好朋友，善待彼此也很正常，可我總覺得李晟凱最近越來越明目張膽地對沂青示好，也不再刻意隱藏對她的好感。

「他跟我表白了。」沂青的表情很淡定，彷彿在說別人的事。

「什麼？」這個李晟凱好樣的，還說什麼沂青幸福就好，結果居然偷偷來！

「在妳知道我和阿駱之間的事以前，李晟凱是第一個發現也是唯一知情的人，他總是不厭其煩地聽我重述這件事，所以他對我來說就像樹洞一樣。說實話，他突然表白的時候，我也有點錯愕，不過他叫我不要有壓力，就把他當成朋友，像原來那樣相處就行了。」

「妳對李晟凱是怎麼想的啊？」不要說我人不好，幫他探聽一下很夠意思吧？

「他告白後，我確實重新評估了自己對他的看法。」她的臉上露出了一抹淺淺的微笑，「雖然沒有心動的感覺，但和他相處滿輕鬆的，我覺得現在這個狀態也挺好的。」

我也跟著笑了，「所以李晟凱正在觀察名單裡？」

「可能吧。」她唇角的弧度又上揚了一些。

看著逐漸走出失戀陰霾的沂青，我也很替她開心。

在那場三人感情風暴中，看似獲勝者的小曦學姊，臉上總染著淡淡的落寞，而出局的沂青卻找回了笑容。不知爲何，我覺得失戀的沂青，反而比最後獲得阿駱學長的學姊還要幸福。

不過，那也是學姊自己做的選擇，作爲外人的我無法多做評判，我只希望未來她能夠找回從前那個總是洋溢著幸福微笑的自己。

自從得知了沂青跟李晟凱的進展，看著他們兩人的相處模式，我常常會忍不住露出姨母笑。

「妳可以不要笑得這麼奇怪嗎？看起來很變態。」李晟凱總算受不了了，氣急敗壞地對我說。

「這叫做關愛的目光，你懂個屁？」我雙手抱胸睥睨著他，「先警告你，我可不是你隨便能惹的角色！你不知道誰都可以得罪，就是別得罪喜歡的人的好姊妹嗎？」

「是是是，您有時間操心別人的愛情，自己的想清楚了沒？」他絲毫不受威脅。

反擊失敗，我只好自暴自棄地對他說：「想不清楚啦！小孩才做選擇，大人全部都要！」

「妳以為談戀愛跟點蛋糕一樣嗎？選不出來就統統都點？」

我努努嘴，任性地說：「江閔晨就會讓我這樣啊，想吃的統統點了再說。」

江閔晨的頭號迷弟表示：「那妳選江閔晨不就好了？」

「齁唷！」

「選不出來妳就先不要選啊，現在應該先挪點大腦容量給期中考。」沂青的意見走實際派路線。

「妳這樣會寵壞小微的。」李晟凱很訝異她居然會支持我當鴕鳥。

突然抓到一個合理的逃避藉口，我趕緊說：「不不不，沂青說得對，我們可是學生呢，應該以課業為重，怎麼可以沉溺於談戀愛呢！」

面對眼前這兩人鄙夷的目光，我感覺自己受到了質疑，不服氣地補了一句：「哼，不然我們現在就去圖書館啊！沒待到晚上十點不回家！」

「妳很久沒提出這麼認眞上進的建議了，我很欣慰。」沂青背上書包，準備走出教室，「走吧，我會陪妳待到十點。」

我立刻就後悔了。現在才傍晚四點，我不想在圖書館坐六個小時！

跟在沂青身後，我拚命向李晟凱使眼色，要他阻止沂青。

他卻只是聳聳肩，無聲地用嘴型對我說：誰讓妳亂說話。

都走到一樓了，眼看再不採取行動，就要走出教學樓，我趕忙叫住她：「沂青！」

「嗯？」她停下腳步，笑容滿面地回過頭，。

我忽然覺得，她還是對我冷淡一點比較沒這麼可怕。

「我……我想先去廁所！」唉，我可眞是個膽小鬼！

飯可以亂吃，話眞的不能亂講。我明明只是隨口拿圖書館搪塞他們，沒想到沂青爲了防止我逃跑，居然讓李晟凱在外面顧包包，押送……我是說，很貼心地陪我一起走往廁所。

「我錯了，我眞的不是那種能跟會計相處一個晚上的人。」我邊走邊向她求饒。

「那妳爲什麼要選會計系？」

「呃，誤入歧途？」

「余依微，妳——」

「那個……余依微……」

沂青的話被廁所內隱隱約約傳來的聲音打斷。

我們對看了一眼，確認過眼神，剛剛聽到的應該是我的名字無誤。

我們不約而同地停下了腳步，貼在廁所外的白牆，打算聽一聽是誰偷偷議論我。

「呿，不答應人家的告白，卻又跟他約會，是故意釣著他嗎？」

「她看起來這麼普，還敢這麼不要臉。」

「眞搞不懂江閔晨爲什麼喜歡她，她要了什麼手段嗎？」

聽沒幾句我就能推理出發生什麼事了。裡面那三個女生應該是江閔晨的粉絲，不知從何得知了我跟江閔晨去看電影的事，現在正忿忿不平地說我的壞話。

我壓低了聲音，笑著跟沂青說：「妳說，我現在走進去會不會嚇死她們？」

「不然妳進去，我在外面偷偷幫妳錄影，搞不好妳還能拿影片去跟江閔晨告狀。」

「我幹麼跟他告狀啦？」

臨時會議才開到一半，廁所裡突然傳來一句讓我們定格的話：「妳之前是怎麼知道她在當吃播主的啊？」

我們面面相覷，感覺接下來即將聽到的話，應該很難讓我們冷靜。

「有個朋友不知道從哪聽說的，他問我認不認識余依微，我去搜尋才發現居然有那麼多人在追蹤她。」

「就是吃東西而已，有什麼好看的？還發出那麼大的聲音，有夠沒教養。」

妳才沒教養，妳全家都沒教養。

「妳那招眞的很聰明欸，在留言區嚇嚇她，她就把吃播頻道關掉了。」

「哼，她臉皮超厚，說什麼暫時停更，而且還把留言功能關掉，又封鎖我那隻小帳。但沒關係，大不了我再重新辦一隻，我就不信她會一直關著。」

「對了，妳發在學校論壇的那篇爆料文，爲什麼會被刪掉啊？」

「誰知道啊？我原本想再發一篇，可討論風向有點變了，就想說算了，反正影片底下的留言應該就能把她嚇死。」

我不知不覺握緊了拳頭，心底滿是怒氣，沂青也伸出手，輕輕推了推我的背，示意我進去給她們一點教訓。

「妳們不知道學校廁所是最容易走漏八卦的地方嗎？」我憤怒地衝了進去，只見站在鏡子前講話的三個八婆，在看到我的瞬間都愣在原地，「要講別人的壞話就躲起來講，要做壞事就安分地藏好，搞成這樣多尷尬？」

其中一個女生臉色一陣青一陣白地回嘴：「誰做壞事了？妳別血口噴人。」

「誰在學校論壇發文造謠，又在我的頻道洩漏我的隱私，那就是在說誰。」

另一個女生越過她，徑直走到我面前，「陳述事實叫造謠？那個吃播主不就是妳嗎？」

「妳沒有證據就指控我假吃，這就叫造謠。」我冷哼一聲，對於她敢做不敢承認的行爲表示不屑。

「就算是又怎樣？妳能拿我怎麼辦？」她翻了個白眼，態度囂張地對我說。

「妳們不就是嫉妒江閔晨喜歡我嗎？難道這麼做他就會喜歡妳們？」

其實會上演這一幕好像也不是太意外，畢竟江閔晨的粉絲這麼多。倒不如說，他跟我告白的事傳開後，一直沒有腦殘粉來找我麻煩反而奇怪。

「雖然不知道妳到底用了什麼方法勾引江閔晨，他就是一時眼瞎而已，幸好他現在已經清醒了。之前那些事就是想給妳一點教訓，不要高攀妳配不上的人。」

「什麼意思？」我不解的是「清醒」這兩個字。

「懶得理妳。」她不打算回答我的話，回頭示意另外兩個朋友一起離開。

我猛然拉住她的手臂問道：「什麼叫做江閔晨現在已經清醒了？」

「期中考結束當天，我們兩班要聯誼，江閔晨也會來。他如果還喜歡妳，怎麼可能去聯誼？」

江閔晨要去聯誼？我一怔，抓著她的手也隨之鬆開。

我忽而想起當初那個說著不想參加聯誼，但是想見我的江閔晨……

男人真不可靠！所有的好聽話都一說就忘！

那個女生突然推了一下我的肩膀，我一時來不及反應，跌坐在地。

「喂，是妳擋著路的！我只是要讓妳閃一邊去，誰知道妳連站都站不好。」她看起來也有點嚇到，感覺原本只打算威嚇我，並非真的想推倒我。

「在網路上造謠、侵犯他人隱私，現在還動手動腳了啊？」突然，沂青的聲音從我們身後傳來，「江閔晨要是看到他的狂熱粉絲這麼對待他的朋友，不知會作何感想？」

「妳誰啊？」

「妳管我是誰？妳只要知道剛剛妳說的每句話、做的每個動作，我都幫妳拍成精美的影片就好了。」沂青似笑非笑地晃了晃手機。

那個女生下意識伸手去搶手機，沂青的動作比她還要快，及時將手機放進口袋，還反手推了她一把。

「妳們現在好好跟小微道歉，否則我馬上就把影片傳給江閔晨，順便問問教官，妳們在網路上的所作所爲該負什麼責任。」

沂青眞的好帥，要不是我是個妥妥的異性戀，我差點都要愛上她了。

八婆三人組心不甘情不願地跟我道歉，這種沒誠意的道歉我根本懶得理會，正想著算了，沂青又出聲讓她們有點誠意。

聞言，她們才向我九十度鞠躬。儘管我還是不想原諒她們，至少心裡比較痛快了。

「妳聽到她們說的話了嗎？」待那三人離開廁所，我問沂青。

她將我扶起來，「她們說了那麼多句廢話，妳問的是哪句？」

「她們說江閔晨要參加聯誼！」

「如果她們說的是眞的，妳打算怎麼辦？」

才說了自己會喜歡我到不喜歡爲止，過沒幾天就跑去聯誼，這種沒定力的花心大蘿蔔，我爲什麼要在意他！

「沒差啊，我才懶得管他，哼。」我賭氣說道。

沂青瞥了我一眼，表情寫著不信，「嘴硬。」

「莊沂青！」我惱羞成怒地大吼。

爲了證明我眞的不是嘴硬，這幾天我沒有主動聯繫江閔晨，他傳訊息來我也愛理不理。甚至爲了證明我潛心向學的決心，不只江閔晨，就連許嘉珵我都沒怎麼主動聯絡。不同於江閔晨還曾抗議過我不理他這件事，許嘉珵就只是等著我，充分給我思考空間，只有在考前傳訊息給我，簡單地跟我說考試加油。

沂青倒是很樂見我認眞準備期中考，雖然這只是我用來逃避做決定的方式。

就這麼擁抱會計、熱愛學習了一週的時間，轉眼間就來到期中考週的最後一天。

剩下的最後一門考科課程內容本身並不難，教授人也很好，基本上排考就是走個過程而已。

教室外的氛圍彷彿已經考完試了，每個人的心情都滿輕鬆的，除了我以外。

不知道爲什麼，我格外地緊張，甚至還覺得心煩意亂。

直到走進教室，看到在台上監考的許嘉珵，我才找到了可能的原因。

在對上眼的一剎那，我下意識撇開了頭，下一秒卻又擔心這樣的舉動會讓他多想，轉而強迫自己直視他的眼睛。

也是因爲這麼一看，我才發現許嘉珵似乎自始至終都沒有移開眼。

目光交會後，他淡淡一笑，才把視線放回講桌。有一種微微的異樣感在我心底油然而生，我一時還說不清、道不明那是什麼樣的感覺。我甩了甩頭，不想在考前還一直胡思亂想，無論有什麼想法，都放到考完試再說吧！

鐘聲一響，我趕緊翻開考卷，努力集中注意力答題。然而無論我多麼想專注在試題上，大腦卻像被人打結一樣，思緒非常混亂。

右手轉著筆，左手撐著臉頰，我把視線放在正前方的黑板上，想平復一下心情，卻恰好瞥見正在監考的許嘉珵。

在那總是淡定的表情下，藏著他容易害羞的一面，以及只有用心看才能發現的溫柔。

他那麼好，我明明都確認過自己喜歡上他了，爲什麼我遲遲無法答覆他出給我的考題呢？是因爲害怕模稜兩可的回答會傷到他，還是因爲不確定自己的心意？

思及此，有一個我不敢置信也不願承認的想法閃過。

爲什麼我在望著許嘉珵的同時，腦中卻不斷迴盪著上禮拜遇見的女廁三人組所說的話？

「他如果還喜歡妳，怎麼可能去聯誼？」

如果江閔晨不喜歡我了，爲什麼還要一直傳訊息找我？還會在意我不理他？總不能又是爲了整我而布了新的局吧？

我大概只懷疑了一秒，就推翻了這樣的想法。就當我笨吧！我眞的覺得他說喜歡我時的神情很認眞，我不願把他想成那麼壞的人。

所以最有可能的原因就是他等得厭煩了，想透過參加聯誼認識其他女生，藉此轉移注意力。

儘管那天我跟沂青說，我懶得管江閔晨要去聯誼的事，可方才閃過腦海的念頭卻是：很想趕去阻止他，甚至是破壞那場聯誼。

因爲這個荒唐的念頭，我才驚覺，江閔晨早就在不知不覺間，動搖了我對許嘉理的喜歡。

一個人的喜歡就那麼多，怎麼可能眞的分給兩個人？

或許我對許嘉理的喜歡，早就在他的猶疑和退卻中漸漸轉淡，也或許是江閔晨一次次動搖我而有所改變，所以我才一直無法給予許嘉理肯定的答覆。

同時我也明白，是時候了。

我該繳交的不只是我手上這張答題紙，還有我已經欠了許嘉理好一陣子的答案。

我一直待到考試時間結束才交卷，並在教室外等著他。

許嘉理和另一位監考助教走出教室時，我出聲叫住他：「許……助教，可以耽誤你一點時間嗎？」

他看了我一眼，點點頭：「嗯，妳可以等我交完試卷袋嗎？」

「我去交就可以了啦。」另一個助教笑著從許嘉理手裡接過牛皮紙袋，「你們慢慢聊吧。」

待那個助教走遠，我們無聲地對視了好一會。他在等我開口，而我則是在思索著開場白。

這個時間點，大部分的考試都已經結束了，走廊上的人寥寥無幾，留給我們足夠寬廣的談話空間。

深吸了一口氣，我鼓足了勇氣：「我想了很久，真的很久很久，卻一直沒能分清舞伴這個身分，究竟對我的情感影響有多深。雖然這個答案對你來說很重要，我仍舊覺得最重要的是那份喜歡的心情，所以我一直不知道該如何回答你。」

我喜歡他，他也很在意我，這樣不就夠了嗎？爲什麼我們不能在一起？這個問題我納悶了好久。

「你不是問我，如果我的舞伴其實是江閔晨，我有自信不會因此而動搖嗎？」我有點緊張，甚至能感受到自己說話時，來自唇間的微微顫抖，「其實最一開始我抽到了兩個舞伴，一個是你，另一個人就是江閔晨。儘管發現那是系統錯誤，你才是我真正的舞伴，不過江閔晨確實曾經差一點成爲我的舞伴。」

許嘉理安靜地望著我，臉上的表情看不出他到底作何感想，所以我只能繼續說，只有這樣才不會讓心慌阻止我把該說的話好好說出口。

「中間雖然有發生一點烏龍，但我很確定我眞正喜歡的人是你。你是那個決定陪我去參加舞會的人，我們才有熟識的機會，我也才會因此喜歡上你。我不知道這樣的理由你能不能接受，可對我來說，這就是我確切的心意，我很珍惜這份心情。」

我的手不自覺地擰著衣服下緣，糾成一團的布料，就像我淩亂的思緒。

「後來……發生了好多事，而我確實動搖了。」我強迫自己直視許嘉理的雙眸，「在我滿腦子都是你的時候，江閔晨跟我表白了，我覺得他一定看得出來我想拒絕他，然而他還是沒有放棄，總是勇往直前。動搖我的是他坦率的心意，以及他做過的那些感動我的事，與他到底是不是我的舞伴無關。」

我想，許嘉理應該懂我的意思。

「可能眞的是我不夠堅定吧？我能夠理解你爲什麼質疑我的心意，但我還是很受傷。而且在我最需要你的時候，你並沒有趕來，那對我來說就是一種退卻。這些種種，導致我那份對你的喜歡，逐漸被江閔晨的身影給沖淡了。」

把話說完的那一刻，我鬆開了手，放開被我揉皺的衣角。

「我最擔心的事還是發生了。」終於，許嘉理的嘴角微微上揚，開口說道，「我沒想到是我的猶疑促成了這件事的發生。」

他對我笑了，卻反而讓我格外想哭。

「我其實不知道我以後會不會後悔……」我聽見自己哽咽的聲音，只好低下頭，不敢盯著他看太久，就怕會逼出我的眼淚，「後悔錯過你的好，可我沒有辦法忽略藏在我心底的另一個人，也不想因此傷害你。是我的錯，是我很壞，擅自喜歡上你，卻沒能給出你想要的答案。」

「余依微。」許嘉理輕聲喚著我的名字，那聲音是如此好聽，好聽得讓人鼻酸。

我抬眼，視線所及是他深邃的眼眸。

「儘管我跟妳說過，我並不相信機率，但或許開始在意妳之後，我就不知不覺受到機率影響了。」他的目光中藏著不明顯卻無比濃烈的溫柔，「能被妳喜歡，是在上一段受傷的感情後，發生在我身上最好的一件事。我很慶幸自己是妳的舞伴，也很遺憾我沒能好好把握舞會傳說賜給我的機會。」

他最後這兩句話徹底壓垮了我的淚腺。

「妳怎麼總是在哭啊？」許嘉理淡淡一笑，從口袋掏出面紙，彷彿回到他出現在聖誕舞會現場外的那一刻。

只是這一次，他不是把整包面紙遞給我，而是替我擦去了眼淚。

我哭得更凶了，「以、以後的課輔時間……你是不是都不需要我了？」

不是想釣著他才這麼問的。我只是覺得，既然相識的起點不是愛情，若是因為愛情無法延續而就此漸行漸遠、只當彼此是陌生人，不就太寂寞了嗎？

「不是我不需要妳，而是妳有更應該去的地方。」他的話中帶著言外之意。

「什麼？」

許嘉理收起為我擦淚的那隻手，對我說：「快去吧。整場考試妳看起來都很坐立難安，應該是有非做不可的事吧？」

「我……」原來方才他一直注視著我。

「妳若是想去找他，就去吧。」他突然將整包面紙塞到我手中。

我緊咬著唇，無法就此邁開離去的步伐。

「下週助教課見。」語畢，許嘉理率先轉身。

看似是我被留下了，然而我很清楚，這是他最後的溫柔，事實上我才是那個眞正先離開的人。

我緊緊盯著他離去的背影，想將這一幕牢牢刻在心間。

從今往後，關於許嘉理的一切記憶，或許都只能掩埋在時光裡，但我不會忘記那些因他而悸動的瞬間，以及那份只爲了他存在的心意。

不知道在原處站了多久，久得臉上那些因爲許嘉理而留下的淚痕都已然風乾時，我才總算回過神。

我想去找江閔晨。

拿出手機，我撥打他的電話，撥了好幾通卻一直沒人接。

隨著不間斷的「嘟嘟」聲，我漸漸緊張了起來，他該不會已經去聯誼了吧？

我只好改撥沂青的電話，在她接起電話的一瞬間，一開口我就哭了：「沂青……」

「妳怎麼了？」她的語氣聽起來似乎被我嚇到了。

「我、我剛剛跟許嘉理說出我的答案了。」我邊哭邊說，「都怪江閔晨……每天在我旁邊轉轉轉、吵吵吵的……我都不知道從什麼時候開始，我好像沒辦法再專心地看著許嘉理了。」

她輕笑：「我很欣慰妳居然這麼快就能找出答案。」

「妳爲什麼這麼淡定啦？」

「因爲我完全不意外啊。」

「什麼？」

「妳的答案如果眞的是許嘉理，妳才不會猶豫那麼久，這只能說明妳心早就爲江閔晨而動，只是妳不想承認，或是還沒有發現而已。」

「那妳爲什麼不跟我說？」

「因爲這種事，只能由妳自己找出答案。」

「可是我就會很慢才找出來啊，就像現在這樣，可能已經晚了。」我抽抽搭搭地哭著，「我剛剛打了好多通電話給江閔晨，他都沒有接，他大概不想理我了，早就去跟漂亮女生還有女廁三人組約會了。」

「如果他眞的參加聯誼了，妳打算怎麼辦？」

我沉思了幾秒後，對她說：「打死他。當著那些妹子的面，把他的帥臉揍成豬頭。看誰還會喜歡他！」

「好！就是這個氣勢。」沂青笑了，「我早就知道妳那天只是嘴硬，就讓李晟凱提前查清楚了，機械系今天跟財金系會在男宿附近的那家桌遊店聯誼。妳快去吧！」

掛斷電話後，朝著遙遠的男宿奔去的路上，我不斷想著我和江閔晨之間的一切。

一開始他是眞的很白目沒錯，但跟我告白之後，他所有的付出我都看在眼裡，我又怎麼可能完全無動於衷呢？

如果說許嘉珵是用冷漠的外表來掩飾溫柔的內心，那江閔晨的又更複雜了一些。陽光隨和是他用來掩飾腹黑性格的方式，只有離他足夠近，才能發現他隱藏在壞心眼底下溫暖的一面。

只有我能見到的，最眞實的江閔晨。

想趕快見到他，想看見他爽朗的笑容，想聽到他叫我「余小微」時，總會上揚的語調。

好想見他。

我曾經很在意機率的指向，很在意校園傳說的指示，然而這一次，我想相信一直努力奔向我的江閔晨。

好不容易衝到男宿附近，我半蹲下來喘氣。趁著擦汗的空檔，我透過手機螢幕看見了無比狼狽的自己。

這個混蛋江閔晨，看我等等揍扁他！

繼續往前走，我看到一群男生站在桌遊店門口有說有笑，一看就是那種迫不急待要把妹的臭豬哥。

依稀能聽見他們在討論待會聯誼的事情，我越想越氣，不過還是按捺住性子，努力辨認著那堆男生中到底有沒有江閔晨。

好不容易，我看見一個非常熟悉的背影，那人身上穿著的正是我上次見到江閔晨時，他所穿的那件青藍色牛仔外套。

一氣之下，我衝了過去，拿起包包對著他一頓亂打，也不管旁邊其他人看得目瞪口呆，一邊打我一邊罵：「你這個天天騙人的混蛋！大變態！還說什麼喜歡我，要是眞的喜歡我，你還會來聯誼？如果你眞的等不下去，應該先來問問我的回覆，再決定要不要放棄啊！你這樣到底算什麼？」

罵爽了之後，我氣喘吁吁地鬆開手，然而在「江閔晨」轉過頭的瞬間，我驚呆了。

這人根本就不是江閔晨，而是另一張陌生的臉孔。

「呃，你是誰啊？」我尷尬地發問。

「呃，妳以爲我是誰？」他不明就裡地捂著剛剛被我狂揍的地方。

「余小微，妳在這裡幹麼？」

身後突然傳來分外耳熟的聲音，我回過頭才發現，聲音的主人正是江閔晨。

「喂，江閔晨，我跟你借外套的時候，你可沒說穿你的外套會被打得這麼慘啊。」被我錯打的苦主，先是苦笑著跟江閔晨告狀，接著看向我，「雖然該挨的揍我都幫江閔晨挨了，但他今天其實沒有要參加聯誼啦，他只是來拿回他的外套而已。」

我呆愣地看著他脫下外套遞給江閔晨。

「看來你的外套凡人借不起，上面背太多桃花債了。」

「我該說聲謝謝嗎？」江閔晨也笑著回應他的揶揄。

「一句謝謝就想打發我？我可是替你挨了一頓揍欸。」他半開玩笑地肘擊江閔晨，「看來你以後會面臨妻管嚴的狀況，還是不要惹她比較好。」

眞的太尷尬了，於是我直接轉身逃跑。我覺得這輩子在那些人面前都抬不起頭了，嗚嗚嗚。

「小微！」沒想到江閔晨居然在身後追著我！

然而我忘了，江閔晨當初一炮而紅，就是因爲大隊接力時的英勇身姿。這種短跑衝刺型的追逐，我怎麼可能跑得過他？

很快我就被江閔晨逼進某個街角，還附贈了壁咚服務。

「妳幹麼跑？」他的呼吸有些凌亂。

「我、我突然想到有重要的事要做！」我心虛地別開眼。

傍晚時分的夕陽灑落在江閔晨身上，他臉上洋溢著過分好看的笑容，讓我不禁看呆了。

「期中考都考完了，妳的頻道也停更了，妳還有什麼重要的事？」

「就……就是有嘛！」

「例如？」他挑了挑眉，一副不相信我的樣子，「妳都跑來阻止我參加聯誼了，還會有什麼更重要的事需要馬上離開？」

「要你管！」

試著推開他卻徒勞無功，我想仗著嬌小的身形從他手臂下的縫隙鑽出去，卻馬上被他看破，他甚至懲罰性地再拉近了我們之間的距離。

「你先鬆開手好不好？」我不爭氣地臉紅了，只能低下頭掩飾害羞。

「不好，一鬆手妳一定會立刻逃跑。」

呃，他說對了。

「妳不是讓我先問問妳的回覆，再決定要不要放棄嗎？」他果然全都聽到了，「所以妳現在是不是應該好好回應我的告白？」

「你、你聽錯了。」他不能先退開一點再問我話嗎？我覺得我快缺氧了。

「我原本完全沒想過要去聯誼啦，但喜歡的女生誤會我，又不肯把話講清楚，我真的好受傷喔！還是我現在回去跟我們班公關說，今天活動多算我一個好了？」

「你敢！」我氣呼呼地抬頭，對上他狡黠的眼神，才發現自己又中計了。

他微微斂起笑，正色道：「余小微。」

「幹麼？」

「我向妳說過那麼多次喜歡妳，也很認眞地告訴妳，我的告白不是另一種整人手段。所以這一次，換妳好好說出妳的答案了。」

我咬著唇，深知他說得沒有錯，卻又有點抗拒這樣順著他心意的發展。

都怪江閔晨，誰讓他一開始要整我，搞得我面對他時越來越不坦率，就連好不容易明白自己的心意，也不想向他認輸，明明回應告白又不是需要分輸贏的事。

「如果……我是說如果喔……」

「嗯？」

「如果我答應你的告白，然後呢？」

江閔晨莞爾，「還能有什麼然後？妳就是我的女朋友啦。」

「那如果真的那樣了……」女朋友這三個字總讓人有點害羞，我只能簡單帶過，「我要先約法三章！」

他臉上的笑意越來越深，「好，哪三章？」

「第一，吵架的時候，你得先低頭。」

「我不是一直都在低頭嗎？妳這麼矮，我不低頭誰來低？」

聞言，好想扁他，我怒瞪他一眼。

他馬上裝乖：「好，如果妳被氣跑，我會負責像現在這樣再把妳追回來。」

唔……勉勉強強通過吧！

「第二，惹我生氣的時候，你要去買好吃的東西哄我。」

「那妳不能生悶氣，至少得跟我說妳想吃什麼吧。」

「我都生氣了，你不會自己猜嗎？第一樣沒買對，再去買另一樣啊！不然怎麼算哄我？」

「好好好，然後呢？」

「第三……」其實我還沒想好第三，「隨時補充！反正只要我想到，都可以再補上。」

「不加上『我不能欺負妳』這個條件嗎？」他笑了笑。

「我是很想啦，可這樣不就剝奪你的惡趣味了嗎？所以你適當點就好。」

「小微，妳怎麼這麼可愛啦？」江閔晨笑彎了眼，伸手捏了捏我的臉。

我紅著臉對他說：「還有一件重要的事。」

「嗯？」

「江閔晨，雖然你很討人厭，但我喜歡你。」我努力忍著害羞，強逼自己直視他清澈的雙眸。

他笑著將我攬進懷中，突如其來的親暱讓我嚇了一跳，直到他懷抱的溫度漸漸使我心底湧現一股安心的感覺，我才悄悄地伸出手回擁。

「余依微，雖然我曾經說妳很蠢又很花痴，不過我就喜歡蠢得很可愛的妳，而且希望妳只對我花痴。」

「……我聽起來一點都不覺得開心。」

「我的意思是，我喜歡妳，眞的很喜歡妳。」

「嗯。」我將頭埋進他的懷裡，說話的聲音因此變得悶悶的，然而我知道他能聽見。

儘管繞了一大圈，我們最後還是抓住了機率所賜予的另一種可能性。

我跟江閔晨交往的事，短短一個週末就傳遍了全大一。

說週末還有點保守了，在一起當天晚上，其實就被人寫成匿名爆料文貼上學校論壇，那篇文章整個週末都高居熱度排行第一名。

我一直以爲我能低調平凡地過完大學生活，沒想到兩次登上校板都拜江閔晨所賜，爲此我把他罵了一頓。

「女廁三人組是什麼？」江閔晨被我罵得一頭霧水。

「你的粉絲啊。」我把當天起衝突的事跟他說了一遍，順便質問他認不認識那幾個女生。

「誰啊？聽都沒聽過。」

「沒聽過爲什麼她們會說你要跟她們班聯誼？」

「估計是我們班公關又拿我的名號在外面招搖撞騙吧。」他聳聳肩。

我雙手抱胸睥睨著江閔晨。

他拉了拉我的手，笑臉盈盈地說：「我會跟他說我有女朋友了，要是因此讓女友大人生氣，我就吃不完兜著走了。別氣了，嗯？」

我慢慢發現，江閔晨不只很擅長氣我，連哄我都很有一套。

跟校園紅人交往這件事，確實是讓人有點壓力。電視劇中的醜小鴨女主角常常會因此而自卑，怕別人在背後議論紛紛。

或許要歸功於江閔晨老早就跟我表白過，而且這件事還鬧得人盡皆知。當時的我尚未喜歡上他，也就不怎麼在乎那種說我配不上他的言論，眞正在一起後，那些難聽話我早聽膩了，倒也沒怎麼被傷到。

不過，和別系的系草在一起，的確讓人滿有優越感的。只有我知道江閔晨不爲人知的一面，就好像獨占了眞正的他一樣。

我們交往後，江閔晨偶爾會一起參與我和沂青他們的三人小團體的活動。

在今天的聚餐席間，我忍不住跟沂青他們控訴江閔晨昨天是怎麼欺負我的，想讓他們和我一起嚴厲指責江閔晨。

「你們一個很S、一個很M，這麼絕配的組合，分開太可惜了。」沒想到，李晟凱聽完卻這麼對我說。

「什麼？」

「我附議。」沂青冷靜地附和，「只有妳才這麼好哄，一邊抱怨又一邊默許他欺負妳，妳眞的怨不了人。」

「當初可是她自己說我可以欺負她的。」雖然江閔晨的手正忙著幫我剝蝦殼，但他的嘴沒閒著，加入了他們的陣營。

「我明明說適當點！又沒讓你常常欺負。」我氣得側過頭罵人，「還有，你不是我的男朋友嗎？爲什麼你跟別人站在同一陣線？」

「他們不是妳的好朋友嗎？怎麼算別人？而且妳不是正在控訴我嗎？我當然要據理力爭。」

沂青搖了搖頭，一臉失望，「交男朋友之後，我就變成『別人』了，余依微妳怎麼這麼見色忘友。」

我頓時無言以對，不過其實最主要的原因是江閔晨將剝好的蝦子塞到我嘴裡，我忙著咀嚼根本無法反駁。

唉，我原本以爲如同我娘家般存在的沂青和李晟凱會是我強大的後盾，沒想到他們三個反而一起嗆我，我都懷疑江閔晨是不是背著我收買他們了。

「莊沂青，妳要是羨慕的話，可以考慮跟我在一起啊，我也能讓妳見色忘友喔。」李晟凱最近越來越常跟沂青告白，態度自然又熟練，像是在日常打招呼似的。

「你也能稱得上『色』？勉強把你當友給忘了倒是可以。」沂青嘴上嫌棄歸嫌棄，卻也沒眞的拒絕他，還是經常跟他鬥嘴。

我其實也看不懂他們之間的感情究竟會如何發展，不過我想，估計也正往好的方向走吧？

「欸，我忽然想到你們兩個其實是舞伴欸，還成功一起參加了舞會。」我感到有點神奇地說道。

他們兩人互看了一眼後，李晟凱搶先說：「對欸，這或許就是緣分吧？搞不好舞會傳說要應驗了喔！」

「應驗什麼？當初我是陪小微去的，並不是想跟你去。」

「那也算一起去了啊。」

「你不要混爲一談，更何況舞會傳說又不準，小微也沒跟江閔晨一起去，他們還不是在一起了。」

火爲什麼突然就燒到我這裡來了？

「妳這樣說就戳中我的傷心往事了，當時我想陪小微去，她直接拒絕我了。」江閔晨居然還有臉故作傷心？

我目瞪口呆地看著他，「你都忘了自己做過什麼爛事嗎？你那種態度誰會相信你啊！」

「不管怎麼說，我當時是眞的想跟妳去啊，可是妳卻和別的男人一起參加了。」

「什麼叫我和別的男人參加，誰讓你自己不來找我！」

場面就此演變成沂青和李晟凱、我和江閔晨，分成兩組各自吵成一團。

然而如同先前約好的，每次吵架，江閔晨都會先低頭；每次鬥嘴，最後他也都會讓著我。

這一次也依舊沒有例外，江閔晨乖乖地多點了一份法式烤布蕾，作爲安撫我的道具，我也一如既往地好哄。

時光就這麼飛逝到大一即將步入尾聲的六月。

小曦學姊和阿駱學長依然在交往，他們看上去還是很般配，只是學姊臉上的笑容再也無法像以前那般無瑕。

沂青還是沒有答應李晟凱的告白，卻又常常被我抓包兩人單獨出去玩，我總覺得他們在瞞著我搞曖昧，可我沒有證據。

自從我做出選擇後，許嘉理就退回助教的位置，只有在每週的初會課和助教課，我才會見到他。

我和江閔晨交往的消息傳開後的隔一天，許嘉理傳來的訊息上寫著：「以後課輔時間不用過來了，暫時沒有那麼多雜事需要處理。還有，祝你們幸福。」

簡單卻又溫柔的祝福，令我再度哭了好久。只是這一次，有江閔晨的懷抱吸收我的淚水、接納我的傷感。

和江閔晨在一起後的每一天，我的日子都過得十分滋潤，一下就幸福肥了三公斤。他嚴格禁止我像以前那樣節食減肥，變成每天早上六點他都會陪我去學校操場晨跑。

讓一個跑步高手陪著自己鍛鍊，這種幸福眞的是太健康又太沉重了，我一度以爲自己正在爲馬拉松備賽，但也因此成功在暑假時瘦回我原本的體重。

其實會這麼急於想減掉體重，是因爲我打算重新開始更新我的吃播頻道。從開始經營頻道後，我第一次休息了這麼久。雖然不用刻意調整進食時間、努力維持身材，更不用爲了錄影犧牲社交的日子滿舒適的，但我還是很懷念吃播帶給我的快樂和成就感，以及那些一路支持我的粉絲。

對此，江閔晨表示：「想復更就復更啊，妳又沒有做錯什麼。我甚至覺得妳可以像其他人那樣露臉拍影片，與其被動等別人曝光身分，不如自己掌握主動權。」

在他的鼓勵下，我決定拍一支露臉的吃播影片作爲復更公告。

我不想再躲起來了，不想再讓討厭我的陌生人支配我的頻道走向。我要主動出擊，告訴那些躲在暗處的人，我不怕他們，才不會被他們莫名其妙的攻擊打敗。

從今往後，我想露臉拍就露臉拍，覺得那天狀態不好就不露臉也沒關係，如果頻繁更新會帶給我過多的壓力，以至於需要犧牲我正常的飲食模式，那就降低更新頻率。

既然吃播是一種嗜好，那就該以能讓我快樂爲首要目標，才能夠做得長久。

「好了沒？」江閔晨一邊幫我微調食物擺盤，一邊催促著我，「妳的相機再調不好，炸雞都要冷了。」

「我很久沒錄影了，不太熟悉了嘛。」好不容易把鏡頭角度調好，麥克風收音也確認好，我才示意他準備開始。

按下錄影鍵，趕緊坐定位，我偏過頭瞥了旁邊的江閔晨一眼，他看起來比我這個老手還要從容。

似是察覺我的目光，他莞爾一笑，在桌底下輕輕牽起我的手，像是在對我說：別擔心，他就在我身旁。

我被他的笑容感染，轉頭面向鏡頭，綻開笑顏：「大家好，這裡是好久不見的Only Eat！為了慶祝復更，今天請來了特別來賓，一位是初次露臉的我本人，另一位則是我的男朋友。」

在聽見「男朋友」三個字時，江閔晨揚起看似有些得意的笑容，氣定神閒地朝著鏡頭打了招呼，這一幕讓我忍不住笑得更開懷了。

「今天要吃的是脆皮炸雞、紐奧良雞腿堡、花生起司牛肉堡，以及培根起司薯條，飲料則是雪碧，熱量炸彈型的菜單希望大家會喜歡！」

在我介紹到飲料的時候，江閔晨居然在一旁學我上次那樣，將雪碧倒進玻璃杯，再把杯子舉到麥克風附近晃了晃，專業到我都懷疑他早就預謀加入吃播主的行列。

江閔晨到底有沒有當吃播主的天賦不好說，但影片發出去之後，收獲了一片希望他能從特別來賓升格為常駐嘉賓的請求。我有點不是滋味，總覺得風頭都被他搶走了，長得帥了不起喔？

「你是不是早就想藉機取代我在吃播界的地位了？」我質問他。

「我不是想取代妳，而是想加入妳的世界。」江閔晨捏了捏我氣鼓鼓的臉，笑得很欠揍，「特別來賓就是要偶爾出現才特別，要是有色狼想找妳聊天，記得找我去露露臉，讓我宣示一下主權。」

久。

我比較擔心有花痴找你好嗎？不過這話我才不要告訴他，否則他又要洋洋得意好

過。

或許所有相遇，都需要緣分的眷顧，才能再有後續，否則兩個人終究也只能擦身而

是江閔晨將我們之間偶然的相遇，努力轉化爲必然的相戀。

儘管現在的我已不再篤信校園傳說，我還是很感謝那個傳說將我帶到江閔晨面前，

也讓江閔晨走進我的世界。

其實只要我執意選擇江閔晨，他就會是我命定的相戀人選。

我很確定，他是我不願錯過的唯一。

全文完

番外

又一年聖誕節

【十二月二十日】

余依微和江閔晨吵架了。

起因是前陣子學生會舉辦的玫瑰傳情活動，她收到一束巧克力玫瑰花，上頭擺放著十分可愛的泰迪熊。

即便這是目錄上最貴的品項，定價也沒有到太誇張，本不該造成什麼問題，只是這束花卻是他人匿名送給余依微的。這讓身爲余依微男友的江閔晨很不爽，甚至覺得他被挑釁了。

「妳是我的女朋友，這不是大家都知道的事嗎？這樣公然送傳情玫瑰給妳，分明沒把我放在眼裡。」江閔晨不滿地抗議。

「我也不知道花是誰送的啊！你生氣有什麼用？」余依微很委屈。

收到神祕花束當天，余依微便向學生會詢問禮物的出處，但既然送禮人選擇了匿名，主辦方自然不會透露他的身分。

「妳怎麼可能不知道？不是妳的舞伴許嘉珵，就是那個總是對妳特別關照的學生會長啊！」

「我早就問過了好不好！他們都說不是啊。你一直這樣，害我很尷尬欸。」

因爲江閔晨生氣了，她不得不硬著頭皮傳訊息詢問許嘉瑆和姜祈，花束是不是他們送的？這種問法顯得她很自戀，更何況這兩個人，一個是差點在一起的前暗戀對象，一個是相處方式如兄妹般的學長，她簡直沒臉再見他們了。

江閔晨自知有些理虧，便不在這個問題上打轉，換了個方向：「妳明知道不是我送的，爲什麼還是把巧克力吃掉了？」

「唔……」貪吃的行爲被揭穿，余依微一時不知該怎麼爲自己辯解，「我就肚子餓了啊！而、而且我就想搞不好是你送的嘛！」

「我送妳禮物還需要匿名嗎？歸根究柢就是妳太容易被食物拐跑了啊，余小微。」

江閔晨舉起雙手用力擠壓她的兩側臉頰，看著她噘成了O字型的嘴巴，怨氣已經消了一大半，他只是想提醒她不要隨便給別的男人向她示好的機會。

可惜此刻惱羞成怒的余依微，根本沒理解他眞正的意思，「你無理取鬧！上次你們系上學姊送你歐趴小點心的時候，你不也收下了？爲什麼我吃巧克力就要被你罵！」

「那塊草莓蛋糕最後被妳吃掉了啊，我會收下也是想著妳很喜歡草莓類的甜點。」

「我……我不管啦！反正你收了就是收了！」

這場爭執最後以余依微單方面不理江閔晨告終。

回家之後，余依微就後悔了。

去年差不多就是在這個時間點，她發現江閔晨的壞心眼眞面目。沒想到時隔一年，兩人又在聖誕節前夕吵架了。

難道他們注定沒辦法共度一個愉快的聖誕節嗎？還以爲在一起後，能夠營造屬於兩人之間美好的聖誕回憶，來覆蓋去年糟糕的感受呢。

她悶悶不樂地點開她和許嘉理的對話視窗。

「這麼問你實在是有點不好意思，但那束小熊巧克力玫瑰是你送給我的嗎？」

「什麼玫瑰？」

「呃，抱歉！應該是我誤會了！」

送出訊息之前，她一度也以爲那束玫瑰或許是許嘉理送的。沒什麼特別的理由，她就是有一種直覺。

所以她才會把巧克力吃掉，她不想將許嘉理的心意隨意棄置，可她已經有男朋友了，小熊和玫瑰大概都留不了，至少吃的還能放進肚子裡。

結果，那個神祕送禮人並不是許嘉理。

她其實對江閔晨有些愧疚，畢竟她是抱著這樣的心情吃掉了巧克力，但她並沒有向他坦承。而且當初在傳情活動開始前，她還曾叮嚀江閔晨不能收下任何人的禮物，他也依約拒絕了所有送禮，所以是她有失公平。

然而架都吵了，氣也賭了，事到如今她也拉不下臉去跟他說要和好。

算了！距離聖誕節還有幾天，搞不好江閔晨明天就跑來哄她了，到時候她再順著他給的台階下就好啦！

【十二月二十四日】

冷戰了好幾天，江閔晨都沒有來找她，余依微慌了。

就過往的經驗，兩人吵架後最遲一天，他一定會主動來談和。哄一哄、抱一抱，再一起手牽手去吃東西，邊吃邊理性探討吵架的原因，一頓飯吃完他們也就和好了。

眼看明天就是聖誕節了，難道他們交往後的第一個聖誕節就要在吵架中度過了嗎？

今天一整天的課，余依微都處於神遊狀態，猶豫著是否該主動去找江閔晨。捱到了最後一堂會計助教課，看著台上來幫另一位助教代課的許嘉琞，她總算下定決心。

如果情況反過來，江閔晨吃了曾曖昧過的女生送的巧克力，她應該會氣死，那她就不該換位置換腦袋。

下課之後就去找江閔晨吧！好好道個歉，再撒撒嬌，他一定會原諒她的。

鐘聲一響，她忙著傳訊息詢問江閔晨在哪，耽擱了一會。走到教室門口時，才發現外面聚集了好多人。

「這是在幹麼？」李晟凱的話音剛落，門外的場景便給了他們答案。

只見江閔晨抱了一隻巨型熊娃娃和一大束玫瑰花站在走廊上，整層樓的人都在一旁圍觀。

余依微嚇得下巴差點掉下來，愣在原地。

「很明顯是在放閃吧。」莊沂青笑了笑，將女主角推向男主角，「好了，你們別在這裡占位置，快走啦。」

江閔晨很滿意眼前場景，這就是他想達成的效果。他笑著將熊娃娃塞進余依微懷裡，左手捧著花束，右手牽起她的手，帶著她離開。

一路上，余依微都保持著呆愣的表情，直到抵達江閔晨的租屋處。

「余小微，我知道妳很感動，但妳再繼續發呆，我就要親妳了喔！」

此話一出，嚇得她趕緊摀住嘴，他們之間的初吻可不能發生在這麼隨意的場景！

江閔晨將花束放在桌上，朝她走近一步，微微彎下腰對她說：「還在生氣？」

她搖搖頭，「那你呢？你在生我的氣嗎？不然爲什麼都沒來找我？」

「我只是想讓妳知道，雖然約好了我要負責哄妳，可妳不能每次都用冷戰的方式吵架啊。」

「對不起，我下次還敢。」

「啊？」

「我是說我下次會改啦，你聽錯了！」難得將了他一軍，她露出了俏皮的笑容。

他也笑了，將擋在他們之間的熊娃娃往床上一丟，接著便一把抱住她，「我們家小微好像跟我在一起久了，變得比較聰明了欸。」

「不聰明一點，難道要乖乖被你整？」

江閔晨低頭看著在他懷裡嬌小的余依微，他喜歡她靠在他身上時，總會用下巴輕輕磨蹭他胸口的親暱小動作。

「余小微。」

「嗯?」

「對不起，我不該爲了匿名傳情的事一直跟妳吵架。」他很少用這麼認眞的語氣和她道歉，「其實我就是在吃醋而已，因爲我覺得那束花是許嘉理送的。」

「等等，我也要道歉!對不起，我沒有跟你坦承，其實……我也覺得是他。」她的話還沒說完，鼻子就被他懲罰性地捏住了，剩下的話她都是帶著鼻音說的，「齁!但他說不是他了啊，我們都猜錯了。」

「不過我吃的也不全然是他可能送妳花的醋，我其實很介意去年陪妳去舞會的人是他，不是我。」

他們曾經因爲這件事鬥嘴好幾次，只不過她沒想到原來他是眞的很介意。

「誰叫你那時候要欺負我!」嘴上這麼說，她的心底卻因爲他的醋意而泛起一絲甜蜜。

「雖然就算重來，我還是會那樣欺負妳，誰叫我的興趣就是欺負妳。」江閔晨露出滿是惡趣味的笑容，「可我確實滿後悔去年聖誕節沒有把妳騙出來，就算和妳去舞會的人不是我，也不該讓任何男人占據那個位置。」

儘管前面那句話聽起來好像怪怪的，後面那句話還是成功轉移了余依微的注意力。

她再也掩不住笑容，收緊了抱著他的力道，倚靠在他懷裡，「大不了我們今年一起參加舞會嘛！而且從今往後的聖誕節，我們都會一起過啊。」

「妳把最後一句再說一遍。」

「為什麼？」要再說一次這麼害羞的話，她才做不到！

「妳的聲音都被衣服悶住了，誰聽得清楚？」

他就是故意想再讓她說一次，可偏偏傻呼呼的她信以為真，又重述了一次：「我剛剛說，以後的聖誕節，我們都會一起過啦！笨蛋！」

江閔晨笑出聲，忽然往後退了一步，「好啦，我還有一份禮物要送給妳，妳閉眼睛。」

余依微乖巧地閉上眼，幾乎在她將眼睛閉起的瞬間，他低下頭含住她柔軟的上唇。不理會她因為震驚而瞪大的雙眼，只是一遍又一遍地重新將吻烙印在她的唇瓣上，一次又一次地加深力道，甚至還得寸進尺地將舌頭鑽了進去，吻得她簡直快喘不過氣。

在余依微覺得自己瀕臨缺氧之際，江閔晨總算放開她，湊到她的耳旁輕聲說道：「妳還記得吧？我以前說過要先保留的，現在我只是拿回我預訂好的東西而已。」

她忽而想起，在那個自己因為網路霸凌而崩潰的夜晚，趕到她身旁的江閔晨假裝要親她，最後卻用一個玩偶捉弄她，當時的他是這麼說的——

「這個就先保留吧，以後我再拿回來。」

「你這個……」沒想到那時斬釘截鐵地說著沒有那種以後的她，現在還眞的被打臉了，她覺得惱羞，咬牙切齒地瞪著他，「臭流氓！大變態！」

「嗯？妳再說一次？」江閔晨的笑容裡透露著危險的訊號。

她一把推開他，「你、你不要靠近我喔，不然……」

「不然妳打算怎樣？」

「你再過來，我要叫了喔！」

「余小微，妳忘了這裡是我家嗎？」

今天是平安夜，夜晚也還長著。

至於最後，江閔晨究竟拖著余依微做了哪種不太「安全」的事，就是他們之間的小祕密了。

【十二月二十五日】

或許是鄰近聖誕節的關係，許嘉珵最近經常想起她。那個當初一直纏著他，就只爲了一場無聊舞會的余依微。

在她主動來找他之前，他其實一直都對她有印象。

身爲助教，每週他都得旁聽她們班的初會課，以確認當週的教學進度。

他總是坐在最後一排，她和朋友們則會坐在倒數第二排，所以他的視線所及經常是她微卷的短髮。

她上課前總是嘰嘰喳喳地和朋友聊天，鐘聲一響就會立刻安靜下來，專心聽課聽得直點頭……不，應該是打瞌睡的那種點頭，然後又會突然驚醒，左顧右盼擔心被旁人注意到，殊不知助教就坐在她身後。

認識她以後，他一直覺得她是個很奇怪又滿有趣的女生。也因爲認識她，他發現自己好像越來越常笑了，他並不是一個很愛笑的人，但看著她卻總會不自覺地上揚嘴角。

許嘉珵曾以爲，他對余依微只不過是一時的動心，即便是喜歡也並不是多深的情感。他希望她能想清楚，就算最後的答案不是自己也無妨，他有著能夠理智抽身的自信。

可時至今日，他們退回朋友關係都已經過了半年，他仍會時不時想起她燦爛的笑容，明明過往很享受安靜的環境，現在卻再也無法習慣少了她的課業輔導室。

他終於明白，原來他錯估了自己情感的分量，錯失了一件珍寶。

今天是聖誕夜，在研究室忙了一整天的許嘉珵突然被教授趕了回去。

「論文不會因爲多待這一晚就寫出來，年輕人就去享受節日吧。」教授的這句話實在讓他不知該哭還是該笑。

街道上滿是歡樂的氣氛，沿街都是五顏六色的裝飾，看起來好不熱鬧。

許嘉珵覺得自己是整條街上最冷漠地看待此情此景的人，儘管去年的他也曾微微地融入這樣的氛圍之中。

怎麼又想起她了呢？他懊惱地想著。

突然，許嘉珵聽見附近傳來她的笑聲，他一度以為自己聽錯了，直到看向了斜前方的街口，他才確認這並不是幻覺。

如果是幻覺，他朝思暮想的她就不會站在另一個男人身邊。

因為這是現實，所以他只能眼睜睜地看著對街的小倆口笑笑鬧鬧。

江閔晨想將身上的外套披在余依微身上，她卻怎麼也不肯他脫下外套，最後他伸出臂膀環住了她。

隔著馬路，許嘉珵清晰地聽見她嬌嗔道：「齁唷！你這樣我要怎麼走路啦！」

這一幕太過殘忍，即使是一向冷靜的許嘉珵，終究還是別過頭，不願再多看一眼。他只能從逐漸遠去的嬉鬧聲中，猜測他們興許要一起參加聖誕舞會，就像去年的他和她一樣。

許嘉珵又想起，前陣子做的一件傻事，他跑去學生會的傳情活動攤位，匿名送了余依微一束上面有著熊玩偶的巧克力玫瑰花。

他可能是瘋了吧，希望她能想起他，又怕她猜到是他……收到她詢問的訊息時，他欣喜若狂卻又下意識裝傻否認，他甚至都不知道自己在圖什麼。

直到昨天，看見江閔晨抱著一個比他送的大好幾倍的泰迪熊，捧著比他送的還要大束的玫瑰花，出現在教室外，他才明白自己真的輸得徹底。

江閔晨的行為毫無疑問是想給他一個下馬威，可他輸掉的並不只是禮物的大小，而是對方總是比他明目張膽的心意，不像他就連送個禮物都得偷偷摸摸。

許嘉珵的唇角勾起了一個彎度，似乎在嘲諷不乾脆的自己。

他從口袋裡拿出手機，打開他和余依微的訊息視窗，對話框裡是他不知道刪除了幾次，又重新輸入了幾次的「聖誕快樂」。

其實他和她之間的關係，不過是恢復原狀罷了，沒什麼好放不下的。

最終，他還是按下刪除鍵，將心意隱藏在未曾發送出去的訊息內。

「聖誕快樂。」他輕聲對自己說，也對她說。

番外
想和你一起

盯著眼前的應徵紀錄網頁，我越看越焦慮，越想越心酸。

過去這兩個月，我每天不是在投履歷，就是在前往面試的路上。

「齁唷！早知道會這樣，當初就不應該辭職。」我頹喪地趴倒在桌上，想穿越回三個月前，暴打當時的自己一頓。

「需要我提醒一下，妳當初爲什麼辭職嗎？」江閔晨的聲音從我的頭頂上方傳來，抬頭望去，只見他端著馬克杯對著我笑。

「不記得了。」我賭氣說道，想從他手裡接過香氣四溢的熱可可，他卻往後退了幾步。

「這個很燙，又沒人跟妳搶，妳那麼著急幹麼？」不愧是江閔晨，一眼就看出我想狂飲幾口發洩情緒，他低頭替我將熱可可吹涼。

大學畢業後，我便如同大多數的會計系畢業生，進入了會計師事務所工作。雖然在校時就曾耳聞，事務所的加班頻率有多麼高，可沒想到實際情況更糟。

一進入忙碌季，我時不時就得加班至接近午夜，每每站在捷運月台等候末班車時，不免懷疑起人生來。後來情況更是變本加厲，即便加班至凌晨兩、三點，事情還是做不完，生活就只剩下睡覺和工作。

「當初妳可是哭著說，再不離職，妳怕妳會想打開辦公室的窗戶往下跳。」江閔晨很貼心地幫我複習我先前說過的話。

這一次我成功從他手中搶過馬克杯，啜飲了幾口已經降溫的可可後，緩緩開口：「那一刻我終於知道，爲什麼我們公司的窗戶都是鎖死的了。」

「妳那時候有多崩潰，妳自己最清楚，所以根本不需要後悔辭職啊。」他摸摸我的頭，眼神溫柔，讓我突然想跟他撒嬌。

我拉著江閔晨的手走向一旁的沙發，他可能是知道我此刻心情不太好，沒像平時那樣調侃我，只是順從地被我拉著。

我環上他的腰，將頭埋進他的肩窩，輕聲說：「可是我現在也很崩潰啊。我開始懷疑自己是不是真的一無是處，甚至在想我是不是爛草莓，怎麼別人都能在事務所撐下去，就我不行。」

「妳只是還沒找到滿意的工作，又不是找不到工作，幹麼給自己這麼大的壓力？」他也伸出手摟著我，掌心摩挲著我的肩頭。

「可是我失業好久了，感覺我在就業市場上越來越沒價值了。」

「那妳就放低找工作的標準啊。」

江閔晨這句話好像在附和我確實在就業市場上越來越沒價值，氣得我一把推開他。

「你應該安慰我說『不是這樣』才對啊！」我都這麼沮喪了，他還要氣我！

「我只是順著妳的話說啊。」他笑得很欠揍，居然還得寸進尺地捏了我的臉頰，「小微，果然妳氣鼓鼓的樣子最可愛，還是別像剛才那樣一臉頹喪了。

「都在一起這麼久了，爲什麼妳還總是聽不懂我的意思。」江閔晨一把將我抱進懷裡，手臂緊鎖著我，不讓我有機會掙脫，「妳怎麼會一無是處？妳的吃播頻道不是經營得很好嗎？而且我不是說過大不了我養妳啊，妳找工作找多久，我就養妳多久。」

當初爸媽很反對我辭職，他們認爲我應該在會計事務所累積兩年工作經驗，再來思考其他職涯規畫。我當然也知道這是一條最安穩的路，可我就受不了那樣的生活嘛！

吵了一架後，他們表示辭職可以，我得自行負擔生活費。

本就爲了即將失業格外不安的我，哭著和江閔晨說自己要上街乞討了，他雖然笑我總愛胡思亂想，卻還是對我說：「妳就放心提離職，妳少吃一點，我的薪水還是養得起妳。」

「可是我每週都要喝一杯手搖飲料，還得加兩種料。」我心裡感動，嘴上故意這麼說。

他笑咪咪道：「那我們只能一起露宿街頭了，余小微。」

我忘了我那時候究竟回他什麼了，反正後來我也沒眞的讓他養。

靠著存款支撐一陣子之後，我意外發現被我當成賺零用錢的吃播副業收入，竟然幾乎快要趕上我前一份工作的本薪了。

「妳發什麼呆呢？我說了這麼有擔當的話，妳怎麼就不感動一下？」江閔晨突然捏住我的鼻子，讓我瞬間回過神。

「我才不要讓你養，女生要是沒有獨立的經濟能力，在家裡就會失去話語權！」

「妳在想什麼啊？」他笑出聲，「而且妳這句話四捨五入就是在跟我求婚耶。」

我正想罵他求婚也得是他跟我求，卻突然意會過來我剛剛的話確實飽含深意。

「誰要跟你求婚了？你這才不是四捨五入，簡直就是無條件進位法！」

「好啦，說點正經的。」他很難得沒有回嘴，只是笑嘻嘻地將下巴靠上我的肩，「妳怎麼就沒考慮過，把吃播當正職呢？」

我愣了一下，我很喜歡吃播沒錯，就連之前工作壓力很大的期間，我每週都能擠出時間錄製、發布至少一支影片。但要是我跟爸媽說我決定成爲專職吃播主，應該會被打死吧！

「怎麼可能啦！」

「怎麼不可能？妳喜歡拍吃播影片，能從中獲得成就感，現在也做得小有成績。難道就沒想過將喜歡的事變成工作嗎？」

坦白說，我有想過，而且想過很多次，只是最後都會因現實面的考量而打消念頭。

「可是我又不能一輩子都做吃播，也不能保證收入會跟上班族一樣穩定。」我側頭看向江閔晨。

「誰能保證以後的事？我也不能保證我會一直當工程師啊。現在不試試看，以後就越來越難有這樣的時機，妳不覺得可惜嗎？」

「倘若我失敗了呢？」我咬著唇。

「大不了妳就回會計老本行啊，妳之前不是說過會計系絕對餓不死嗎？」

「如果我就是餓死的那一個呢？」

「那我就負責養妳吧！」

我笑了，「你到底多想養我啦？」

「我只是覺得，有什麼想做的事就該趁年輕去做，以後才不會後悔。只要是妳想做的事，除了喜歡上別人，我都會支持妳。」

我沒好氣地說道：「你可以不要趁機偷渡不相干的話題嗎？我才剛覺得有點感動耶。」

江閔晨忽然燦爛一笑，一瞬間竟讓我有些失神。

我想，我最喜歡江閔晨的一點，或許是面對前方的未知時，無論情況如何，他都會勇往直前，不讓擔心的情緒絆住前進的腳步。

我喜歡他總是會牽著我的手一起向前，每次他笑我笨、說我想太多時，我就會覺得事情也沒那麼嚴重嘛！所以我也喜歡在他身邊努力往前的自己。

「然後我也是眞的很想養妳沒錯。小微，妳要給我能一直養妳、欺負妳的機會嗎？」

我眨了眨眼，不太確定自己有沒有會錯意，直到捕捉到江閔晨眼底的認眞……

下一秒，我叫道：「我不聽！我什麼都沒聽到！哪有人求婚求得這麼隨便啦！」

「妳平常不是都傻呼呼的嗎？怎麼這時候特別精明。」江閔晨一臉遺憾。

我雙手抱胸，睥睨著他：「哼，我才沒有這麼好騙。求婚得要有儀式感，否則你求一次，我拒絕一次！」

「我又沒求過婚，不然妳給我點意見。」

他嬉皮笑臉的樣子，讓我忍不住想挫挫他的銳氣，故意對他說：「地點得選在人超多的購物中心，然後你得準備九百九十九朵玫瑰和一大束氣球，當眾單膝下跪再拿出鑽戒，大聲地跟我求婚。」

一直到很久以後，我才總算讀懂當時江閔晨臉上的笑意。

要是知道那天我的隨口亂說，會導致日後經歷這麼丟臉的求婚，我發誓，我絕對會謹言慎行。

江閔晨努力憋笑，等待著臉紅尷尬的我，乖乖跳進他閃亮亮的陷阱裡。

就算明知落進這陷阱後，我可能得在裡頭待一輩子，我想我還是會主動中計吧！

誰叫我從最一開始，就未能從江閔晨所設下的各種圈套中逃脫呢？

不過，我不想讓他這麼快就稱心如意，所以現在就讓他再跪在地上久一點，等他開始焦躁不安了，我才要坦率地告訴他——

「往後餘生，還請你繼續當余依微的唯一。」

後記
相遇靠的是偶然，相愛靠的是努力

標題上的這句話，是我想透過這本書傳遞給大家的想法，也是故事的主軸。

之所以會蹦出這個故事靈感，要歸功於我對某部韓劇的怨念，我喜歡的CP沒有在一起，實在太讓我生氣了啊啊啊！

劇中的女主角不夠勇敢，怕傷害男主角而推開他，男主角又被某些事情蒙蔽，相信了她違心的話，而沒有相信她眼裡對他的愛意，就這麼錯過了在一起的絕佳時機。

我眞的快被氣死，好想用力搖晃那兩人的肩膀大喊：你們給我清醒一點！

既然無法魂穿進劇中，也沒辦法寄刀片給編劇，那就只能自己創造一個小說世界，撫平現實中的怨念了。

我想寫一個類似能指引人戀愛方向的東西，看看每個人對此產生的反應，經過一連串靈感發想後，就變成現在的舞會傳說和舞伴系統。

理性一點的人，在看到這個傳說時，應該會想「這什麼騙小孩的校園傳說？誰信啊」，可偏偏我們的女主角小微就相信。

除了是她本身的性格比較天眞爛漫之外，也因爲她以前對於校園傳說有許多心理陰影，導致她變得比較迷信。爲了避免不幸再度發生，她情願抱持著寧可信其有的態度面對傳說，反正遵守這些看上去好像有點傻的玄學也不會有什麼損失啊。

我相信很多大學應該都有一些神祕的校園傳說，比方說到三年級還沒交男女朋友就會單身到畢業、從某個校園裝置藝術下走過那學期就會死當、情侶一起經過校內哪個地點就會分手等等。明明都是未經證實的迷信，然而大家都會把這些當成話題，揶揄彼此小心不要中獎了。

因爲有小微這樣傻得很可愛的女主角，才能讓看似好像有點荒謬的舞會傳說，衍生出許多有趣的事件和不同角色態度上的對比。

故事裡，很多角色在最後都改變了最初對機率（傳說&系統）的看法。

原本篤信機率的小微和小曦學姊，一個選擇相信自己的心，一個漸漸不再相信了；原本不相信機率的許嘉理和沂青，一個因爲喜歡上對方而對機率感到不安，一個則是不再完全否定機率的可能。

除了對機率的看法轉變，人物關係設定也刻意弄得有點對照組的感覺。

小微原本以爲只要跟著機率的指向，就能通往和小曦和阿駱一樣的幸福結局，卻因爲沂青的出現而意識到演算法無法預測人心的改變，才重新思考舞伴系統的意義。

有些人可能會對小曦的委曲求全感到不值或是不解，但就我所知，像小曦那樣因爲另一半沒有實質上對不起自己，而選擇睜一隻眼閉一隻眼的人很多。

精神出軌究竟算不算出軌？這個問題，我就不給答案也不評價對錯了，把它當成一道申論題留在這裡，畢竟感情的事從來就是冷暖自知。

一開始，我是眞的沒有設定誰是男主角，在我心中甚至一直認定爲雙男主。看著大家一路討論比較喜歡誰的過程很有趣，導致寫到後來一度覺得我選不出來，甚至還想過要不要寫雙結局算了XD。

個人認爲，兩位男主角獲得的機會也滿平均的，他們分別都有一次在關鍵時機出現在小微面前的機會，嚴格來說許嘉珵可能還更多一點，他不僅是小微的正牌舞伴，就連網路霸凌事件小微也是先向他求救。

我並不認爲許嘉珵是因爲比較被動而輸給江閔晨，畢竟小微又不介意當主動靠近對方的那個人。只是許嘉珵在喜歡上她之後，開始受到舞伴分析結果的影響而沒有安全感，錯失了屬於他們的緣分。

人與人之間的相遇，都是緣分的眷顧，那是一種偶然，得之不易的偶然。

然而，緣分只是一個機遇，只有雙方都足夠努力地付出，它才有可能爲之駐足，甚至從相遇衍生出相愛的機會。

除了努力讓對方看見自己的感情之外，那樣的努力還得是雙向的才有意義，只有一方努力的愛情太辛苦了。

江閔晨肯定是這段感情中較爲努力的一方，意識到自己的心意後，他一直都很憑感覺行事，但也要小微及時發現並承認自己的心動，他們之間才有機會相戀。

說到這，大家有發現這個書名眞正的意思了嗎？

《唯一的相戀機率》並不是在說唯一可能相戀的機率，如果把小微的本名「依微」倒過來念，就變成「唯一（微依）」，所以這本書從頭到尾都是在訴說跟小微相戀的機率呀～

這裡還想偷偷穿插我私心偏愛的角色——學生會長，姜祈。

他原本只是一個NPC角色，連名字我都懶得想，打算讓他在開局出場一下就下台一鞠躬，沒想到寫著寫著，他竟然成爲我最愛的角色！

雖然讀者表白喜歡哪個角色，作爲親媽的我都滿開心的，但看到有人說喜歡姜祈，我的開心程度大概是兩倍吧！就感覺是有人默默get到我埋下的小彩蛋了。

接近後半段要決定小微最後和誰在一起，小小卡稿的時候，我一度覺得兩位男主角都好煩，乾脆讓姜祈上位算了！

不過那樣攻略路線會太多，可能會演變成字數爆掉的大亂鬥，冷靜之後還是決定先緩緩XD。

原本想再說點關於姜祈的事，想了想還是覺得應該要讓他保有點神祕感～啊，還是我們就眞的應眾多觀眾要求，寫一篇紫稀跟姜祈的配對呢？（請不要亂開支票）

其實在寫這篇後記時，距離完稿已經過去將近十個月了，不過現在回想起去年參加華賞的事，仍然會感到很不可思議。

整個創作過程都非常輕鬆愉快，從大綱發想到完稿只花了四個月的時間，雖然也跟當時是比較閒的待業人士有關，可在我的印象中眞的鮮少有卡稿的時候。

故事中提到的「吃播」是我的興趣之一，身邊朋友聽到我很喜歡看吃播的ASMR影片都很難以置信。有很多人受不了聽別人吃東西的聲音，我卻很享受在很餓的時候如此自虐，假裝自己和吃播主一起吃了一頓大餐！

因此總覺得有些遺憾，故事中好像沒有描寫到非常多吃播的細節，但能以自己感興趣的事物作爲題材，寫起來還是特別起勁。

再加上這個故事整體調性很歡樂，我也寫得很開心，就這麼一路開心到了入圍，甚至得了首獎！

眞的沒想到爲了取悅自己而生的一部作品，竟然會回饋給我這麼多的驚喜和幸福。

謝謝我的責編小魚，讓這本書能以最好的一面和大家見面，也謝謝總編馥蔓在我因爲得獎而感到迷茫和焦慮時，給我很大的力量。

還要謝謝包容我總是關在房間寫稿的家人們，特別是我媽媽，讀完《你是我最想擁有的以後》就天天追問我什麼時候會出下一本，結果過沒幾天就收到出版消息了，看來要歸功於媽媽的念力XD。

在這裡想特別點名上本書來不及謝到的文友能雪悅，妳是去年華賞送給我的另一份珍貴禮物，能和妳相識相知是我的幸運；也想謝謝依然在我身邊的落桑和錦里，願我們都能在這有時很殘酷的世界，始終保持可愛。

最後要深深一鞠躬，感謝讀到這邊的讀者們，讓這個故事有機會走進你們的世界，要是在閱讀過程中，有讓大家會心一笑，就不枉費無數個半夜寫稿的日子了。

希望能透過這本書，和你們共享一整個夏天的幸福。

那我們就下個故事見啦！（比心）

紫稀

國家圖書館出版品預行編目資料

唯一的相戀機率／紫稀著. -- 初版. -- 臺北市：城邦原創股份有限公司出版：英屬蓋曼群島商家庭傳媒股份有限公司城邦分公司發行, 民 111.06
面；公分. --

ISBN 978-626-96192-2-1（平裝）

863.57 111008851

唯一的相戀機率

作　　者／紫稀
企畫選書／楊馥蔓
責任編輯／游雅雯、林辰柔
行銷業務／林政杰
版　　權／李婷雯

網站運營部總監／楊馥蔓
副 總 經 理／陳靜芬
總　經　理／黃淑貞
發　行　人／何飛鵬
法 律 顧 問／元禾法律事務所　王子文律師
出　　　版／城邦原創股份有限公司
台北市中山區民生東路二段 141 號 6 樓
電話：(02) 2509-5506　傳眞：(02) 2500-1933
E-mail：service@popo.tw
發　　　行／英屬蓋曼群島商家庭傳媒股份有限公司城邦分公司
聯絡地址：台北市中山區民生東路二段 141 號 11 樓
書虫客服服務專線：(02) 25007718 · (02) 25007719
24小時傳眞服務：(02) 25001990 · (02) 25001991
服務時間：週一至週五09:30-12:00 · 13:30-17:00
郵撥帳號：19863813　戶名：書虫股份有限公司
讀者服務信箱 email：service@readingclub.com.tw
城邦讀書花園網址：www.cite.com.tw
香港發行所／城邦（香港）出版集團有限公司
地址：香港灣仔駱克道 193 號東超商業中心 1 樓
email：hkcite@biznetvigator.com
電話：(852)25086231　傳眞：(852) 25789337
馬新發行所／城邦（馬新）出版集團 Cité(M)Sdn. Bhd.
41, Jalan Radin Anum, Bandar Baru Sri Petaling,
57000 Kuala Lumpur, Malaysia.
電話：(603) 90578822　傳眞：(603) 90576622
email:cite@cite.com.my

封 面 設 計／Gincy
電 腦 排 版／游淑萍
印　　　刷／漾格科技股份有限公司
經　銷　商／聯合發行股份有限公司
電話：(02)2917-8022　傳眞：(02)2911-0053

■ 2022 年（民 111）6月初版　　Printed in Taiwan

定價／320元

ISBN　978-626-96192-2-1

POPO城邦原創 www.popo.tw　城邦讀書花園 www.cite.com.tw